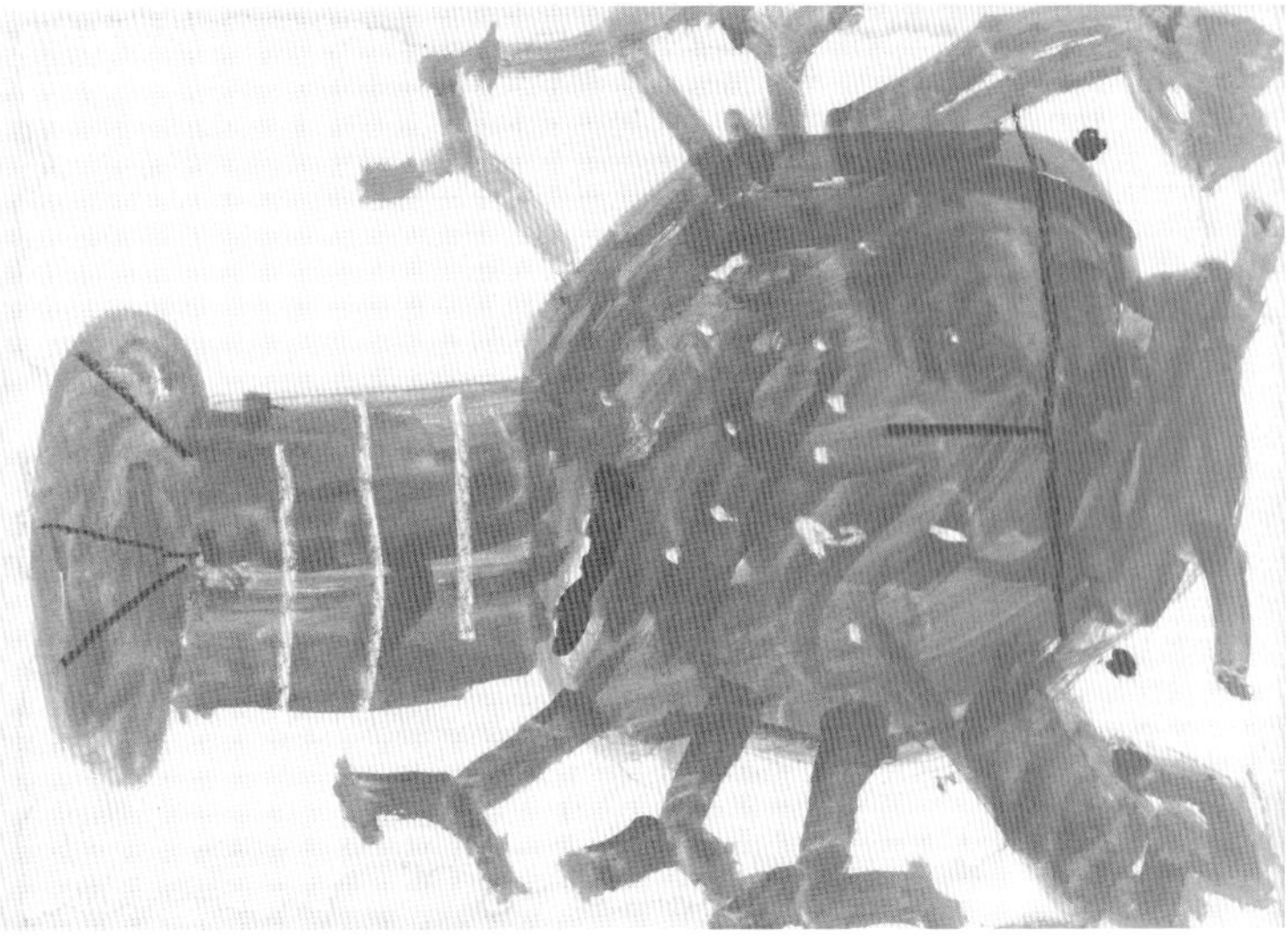

# サンショウウオの四十九日

朝比奈秋

Asahina Aki

新潮社

# サンショウウオの四十九日

# 1

コタツにはいったまま見送るわけにもいかず、ポールハンガーからコートを取って羽織る。リビングを一歩踏みだすと、廊下はつまさきの骨が割れそうなほど冷たい。玄関では五分で薄化粧をした母が、かかとの潰れたスニーカーに足を通している。屈んだ母の丸い背中の向こうに、入ってくる時に気づかなかった丈の低いパンジーが塀に沿って紫色に群生しているのが見えた。

母はひとさし指を入れてかかとを起こすと、

「あぁ、寒い。二人ともここでいいから」

トートバッグを肩にかけて玄関から出ていった。

すっかりくつろいでしまって靴を履く気にはなれず、私は目についた父の藍色のクロックスに足を通した。ぶかぶかとずれる音をさせながら、玄関先から蹴上げの低い階段を降りていく。門扉まで見送りに出た頃には、母はもう自転車で坂を下っているところで、すぐに角を曲がって見えなくなった。二月の外気の肌寒さに急いで玄関に戻る。

廊下を小走りで引き返していると、痛いほどの寒さが足裏に染みてくる。暖房のきいたリビングに入っても、底冷えした床だけは廊下と同じ温度で踝《くるぶし》まで痛くなってくる。リビングの隅の4・5畳の畳敷きに着地して、その勢いでコタツに足を突っこんだ。荒れた呼吸を整えていると、実家の匂いが感じられる。

数か月ぶりに娘たちが帰ってきたというのに母はパートを入れていて、父はまだ寝いっている。流しっぱなしのテレビだけが「実家に帰ってきた」という感じにさせる。チャンネルを変えて午後の番組を一巡したところで、

「二階行こう」

寒さに押し黙っていた妹の瞬《しゅん》が口を開いた。

リモコンの電源ボタンを何回押しこんでも作動しないことに瞬は徐々に苛立ちを募らせていく。瞬は苛立ちを散らしながら立ち上がり、テレビの端の電源ボタンを押して画面を消した。

そうして、手に持っていたリモコンをテレビの横に置いた時だった。テレビ横のマガジンラックが目についた。引き抜いたグルメ雑誌は十年前のもので、平塚駅周辺のグルメ情報が載っている。ゴータマ、サンサールなど中学の部活帰りに立ち寄ったカレー屋はとっ

くの昔に潰れてしまっている。

無くなった店の写真を観ているうちに瞬はひどく懐かしく感じて、胸に沁みてくる心地のままに、

「あぁ、懐かし」

実際に声に出してからラックに戻し、かわりに私は隣の振袖のカタログを手に取る。表紙に見覚えのあるそれは成人式用の振袖カタログだった。コタツに戻って、一ページ目を開けると、こちらも十年前のものだとわかった。

いくつかの振袖には付箋が貼られていて、十九歳の時の私か瞬が貼ったはずなのにどれも付けた記憶はない。ただ、それくらいの時期に、なぜかピンク色と黄色の付箋を貼ることに執心していたことが思い出されて、どちらかが貼ったものには間違いなかった。

「お父さんがさ、自分の生まれたときのこと話した年じゃない？」

瞬がそう言ってから黙ると、私の脳裏にもカタログを前に付箋を貼っている二人の若い手が駆け巡ってくる。私はカタログをめくりながらも、ぼんやりと瞬の追想に任せる。

頭の中では、十九歳の瞬がリビングテーブルに行儀悪く肘をついてソーダアイスを齧っている。時おりアイスを空のマグカップに突っこんでは、カタログの振袖に白くぽっちゃりとした手で付箋を貼っている。

畳敷きには父が転がっている。十年前だからまだ白髪は少ない。コタツが出ていないか

らまだ温かい季節で、その畳の上でのんべんだらりと肘をついて寝っ転がっている。

父はおもむろに起き上がって、

「かっちゃんな、昔っから……」

と話しかけてきて、しかし、すぐに言葉を詰まらせる。久しぶりに『かっちゃん』という名前を聞いて、げっそりと痩せこけた伯父の顔が浮かんだ。

「伯父さんがどうかしたん？」

私の相槌を無視して、父はごろんとまた畳に寝っ転がった。

「あぁ、お母さんと間違えたわ」

恥ずかし気な呟きだけ聞こえてくる。瞬は伯父のことは気にならなくて、ただペタペタと付箋を貼っている。しばらく沈黙が続いてから、父が今度は上半身をしっかり起こして振り返った。そこから、伯父の出生の話をはじめた。

病弱虚弱、という印象の伯父の勝彦《かつひこ》さんは、出生当時は普通の新生児となんら変わらない健康体で、ふくよかそのものだった。生まれた場所はまだ市に権限が移譲されるまえの国立奈良病院で、屋上からは興福寺の五重塔が見えた。

何の病気もなく、出産から六日後には何事もなく母子同時に退院となる。勝彦さんの最古の写真は退院時にその屋上で父の達治《たつじ》に撮られたもので、母の津和子《つわこ》に抱かれて五重塔と一緒に写っていて、その時は誰が見てもふっくらとしていた。

ところが、数か月を過ぎたあたりから手足が次第に痩せてきて、目も落ち窪んできた。心配になった津和子はせっせとミルクをあげて、赤子もまた与えられた分、吐くことなくすべて飲みほした。にもかかわらず、出生から六か月後の健診では低栄養状態と指摘されて、医者から育児放棄を疑われた。

その後、津和子と達治は医者から処方された薬をミルクに溶かしてあげたものの、飢饉で餓死寸前の乳幼児のように手足と頭が痩せこけて腹ばかりが膨らんでくる。しまいには骨密度まで低下していると言われ、数週間後にはとうとう入院になった。病院で離乳食と点滴を続けても痩せていくばかりで、やがて胃腸自体の異常を疑われて、胃カメラ検査に回された。

まだ幼いこともあり、胃カメラは母親付き添いで行われることになった。看護師は赤子を厚手のバスタオルの上に乗せると、せわしなく動く小さな手足を手際よくタオルの内側に包みこんでいく。

「はい、できあがり」

ミノムシのようにくるまれた赤子を検査台の中央線に合わせて乗せると、そこから薬剤棚に向かって薬の準備を始める。

津和子は両手足を拘束された我が子を見つめた。うねうねと胴体を元気よく動かしていても、やはり丸みのある腹部と違って、痩せた肩甲骨がバスタオル越しにもはっきりと尖って浮き出ていた。生まれた頃はふくよかだった我が子が一年も経たないうちにここまで痩せこけるのはどうしようもなく辛かった。津和子は検査台の横から上半身を乗りだし、尖った肩を撫でる。

まもなく老医が入ってきて、真っ黒いウナギのような管を肩に担いだ。そして、管の先を綺麗に拭いたり、手元の接眼レンズをのぞきこんだりしている様子を見て、津和子はこれが「胃カメラ」だと気がついた。知り合いからとても辛い検査だと聞いたことはあったが、想像していたものとはほど遠くて驚いた。

「じゃあ、お母さん、ぼっちゃんの体を、横向きにしてくださいな」

津和子はごろりと赤子の体を老医のほうへと回転させると、看護師がおしゃぶりのような小さなマウスピースを口にはめこんだ。

老医は胃カメラの先端を赤子の口元に持っていくと、何のためらいもなく口の中へと滑りこませた。津和子は思わず肩を竦めたものの、赤子は一切動じない。にょろにょろとした胃カメラの長い管はたわみもせず、奇術のように次々と口に入っていく。

「あら、えらい子やね」

看護師は嗚咽《おえつ》しない赤子に微笑みかける。一方、老医は猫背になって胃カメラの接眼レンズに右目をつけてのぞきこむ。

「電気消して」

「はい」

看護師が部屋の電気を消すと、接眼レンズから漏れる光が老医の目元を照らした。胃カメラの管を奥まで入れると、老医はせわしなく左手を動かしはじめる。細々《こまごま》とした動きが十分ほど続いたところで、ピタリと手が止まった。

「何も異常ないね」

老医が漏らしたその呟きには、病気がなかった安堵と痩せていく原因がわからないという落胆が混じりあっていた。レンズから顔をあげると、老医は大きく一息ついた。猫背ぎみになった首を右手で揉みほぐしている時に目が合って、

「お母さん。よかったら、のぞいてごらんなさい」

と老医が何気なく誘ってきた。津和子は台を回って老医の横までできて、腰をかがめてレンズに顔を近づける。

内臓をのぞくのだと恐る恐るレンズに目をよせたものの、そこにはみずみずしい桜色の光景が広がっていた。素人でもわかるほど健康的な光景で、薄ピンク色の粘膜に光がきらきらと反射して見惚れるほどだった。

「いまのぞいているのは胃だね」

空気でまるまると膨らんだ胃は空っぽで何もなかった。突き出たものもないし、へこんだものもない。津和子がレンズから目を離すと、今度は老医がのぞきこむ。津和子が台の

後ろに戻ろうとすると、

「うん？　少し左によってないか」

老医はそう言ってから、再び左手を動かしだす。

「胃が何かに押されてるな」

右手で管を数センチほど引いてから、

「肝臓にしては位置が低いし、胆嚢にしては……」

老医は動きを止める。津和子は心配になって、その場で次の言葉を待った。しかし、そこから老医は微動だにせず、一言も話さなくなった。

しばらくしてようやく、

「和歌山？」

老医は眉をひそめてレンズから顔をあげて、何かを思い出したように中空を眺める。気が気でない津和子は許可も取らずにふたたび腰をかがめてレンズをのぞきこんだ。

胃は先ほどよりも空気が入っていて、風船のように膨らんでいる。老医の言うとおり、胃の右側の壁だけがでっぱっている。薄紅色の粘膜が胃の外にある何かをかたどっていて、まるでクイズ番組のようだった。

「白浜のね、手前」

自分の出身地を語る老医の声で津和子はレンズから目を離した。

「近くにね、道成寺《どうじょうじ》って寺があって、浄瑠璃に出てくる入相桜《いりあいざくら》で有名なところで」

穏やかな語り口で老医は続ける。和歌山の医大を出て、三重の津市で研修して、その後に大阪、そして、この奈良に赴任してきて……

そこまできたところで津和子は咳払いをして、

「郷里がお懐かしいですか」

と不満気に声を洩らした。

老医は瞳に冷静さを取り戻すと、バツが悪そうに胃カメラをのぞきこんで誤魔化すように写真を撮りはじめた。しんと静まった検査室で、津和子はあの不可解な盛り上がりを思い浮かべた。たしかにどこか見覚えのある形だった。心当たりがある気がして、しかし、それが何なのか思い当たらない。

「レントゲン検査に回して」

老医はため息の要領で指示を出し、赤子の口から長い胃カメラを引きだして検査室から去っていった。

レントゲン検査の順番が呼ばれるまでの間、疲れて寝はじめた我が子を抱きながら、津和子は廊下の待合の椅子に腰かけた。赤子のお腹に紙カルテと現像された写真をのせて、それを見つめながら一体これは何だろうと考えた。

カウチ付きのソファ
石油タンカー
出身高校の円形校舎と隣接する部室

頭に浮かんでは、そんなものが体内にあるわけないと否定する。

「なんだっか？」

気がつくと、隣から近所の山谷《やまたに》が写真を覗きこんでいた。一か月前に酔っぱらって折れた足首はギブスで固められている。

「あぁ、山谷さん。足の調子どないですの？」

「もうすぐ、ギブス取れるみたいやけど」

山谷が松葉づえに体重を載せて、写真に顔を近づける。

「胃カメラの写真です」

「これが胃カメラだっか？」

「えぇ、うちの子のお腹になんかあるみたいで」

「なんでっしゃろ。みたことある形やな」

話を続けていると、いつの間にか検査待ちの患者や廊下を通る見舞客も加わって、七、八人の人だかりができる。

一番後に加わった若手の医者が、

「こんな形のもの、家になかったですか。ビニル製のおもちゃとか、キーホルダーとか。赤子はなんでも口にいれるから」

と得意げな声でのたまうと、

「食べたもんじゃないだろ。胃の外にあんだから」

と誰かが返して、若手の医者は「あぁ、そうですね」とはにかみながら頷《うなず》く。

トントンと肩を叩かれて顔を上げると、

「奥さん、呼んではるわ」

山谷が廊下の奥を指さしていた。

「濱岸《はまぎし》さーん、こちらどうぞ」

奥の扉が開いていて技師が手招きしている。津和子は寝ている赤子を起こさないようにそっと歩きながらレントゲン室に入っていった。

レントゲン室はひんやりとしていた。

「じゃあ、ここに寝かせてください。あぁ、これかぁ。なんやろな」

技師は赤子の腹の上から紙カルテと写真を取りあげて、隣の部屋へと持っていく。津和子は言われるままに台の上に我が子を乗せると、目を覚ました赤子が澄んだ瞳で見つめてくる。どことなく達観したところがある子や、と津和子はじっと見つめ返す。どこかで、こんな目をしている人達を見たことがあった。

「しかし、まぁ……」

まだ生まれたばかりだというのに、大人でもしんどい胃カメラ検査を泣くこともなく受け入れてしまう我が子に、立派と言うよりはなにやら不憫《ふびん》なものを感じてしまう。

「撮りますから。お母さん、こちらへどうぞ」

天井のスピーカーから声が聞こえてきて、津和子は隣の部屋へばたばたと足音を響かせて避難する。部屋には先ほど胃カメラ検査を担当した老医や、自分が出産した際に入院を受け持ってくれた産科医や小児科医などもいて、津和子は会釈しながら部屋の奥へと引っ込んだ。

レントゲンを数枚撮り終えるとドアは開けられて、津和子は技師と一緒にレントゲン室へ入っていった。同じ格好で天井を見つめていた我が子はバスタオルを解いてやると、束縛の反動で手足をばたつかせはじめる。そんな我が子をあやしながら、隣の部屋へと戻ると、すでにレントゲンのフィルムがあがっていて、沢山の医者たちがそこへ群がっていた。

ぼそぼそと語り合うこと数十秒。にわかに感嘆がレントゲン写真を囲む輪からあがる。

津和子が間から覗こうとしても医者たちの背中が壁になって邪魔をする。それに気がついた主治医が興奮覚めやらぬ表情で、

「お母さん、こちらへ」

前へと通してくれた。津和子は赤子を揺らしながら、真っ黒な画像の前に立った。そこには我が子の骨格が白く浮かび上がっている。主治医はそれの右脇腹あたりを指さした。そこには見覚えのある小さな骨が写っていた。

「あぁ……」

津和子は首を縦に振りながら、

「ししゃも」

と声を漏らした。細くて華奢な背骨が一本綺麗に通っていて、そこから薄い中骨が斜めに走っている。しかし、この子にししゃもなど食べさせたことがあっただろうか、ましてや、この写真のような丸ごと一匹を。確信を持って、「ししゃも」と声に出したものの、すぐにそんなわけがないとわかってくる。

「お母さん、お子さんです。ここに赤ちゃんがいるんです」

主治医にそう言われても思い当たることは一つもなく、

「はぁ、妊娠ですか」

ため息のような声しか漏れてこない。

妊娠と言われても、そもそもうちの子、男の子やけども。と津和子は一歩近づいて真正面からレントゲン写真を凝視する。そう言われれば、背骨の先には丸い頭蓋骨のようなものがあるし、背骨の途中に細いマッチ棒みたいなものが数本あって、折り曲げた手足のように見えなくもない。

「もう、孫ですか」

津和子はまるで自分が不貞でも働いたような気分になって、お父さんに何て説明すればええんやろか、と大いに困惑した。

すると、医者は大きく首を振って、

「いいえ。お孫さんじゃなくて、兄弟です」

そう言われると、ますます訳がわからなくなって、津和子は首を折って我が子を覗きこんだ。当事者である我が子は相変わらず落ち着いた表情をしている。

医者たちが医学的な議論をはじめるなかで、津和子の耳にはそういった専門的な話はほとんど理解できず、ただ流れていくばかりで、じっと我が子と見つめ合うしかない。

しかし、赤子の柔らかい瞳を見つめているうちに、

「あぁ、そやね」

津和子は納得して顔をあげた。医者たちは議論していた口を噤《つぐ》んで、怪訝な表情で津和子を見る。

「せんせい。ほら、見たってください」

津和子は赤子を抱き上げて医者たちに顔を見せた。

「この子、妊婦さんの目してるもんね」

胎内の存在を無条件で受け入れている穏やかさ、それを今、この子は感じているのだろう。つい最近まで自分も妊婦だったからわかるのよ。とその懐かしさに体が弛《ゆる》んでくる。奇妙な事実は体のどこにも引っかからず、すんなりと腹の底に落ちていく。

腹ばかり肥えて、他は瘦せこけていくのも胎児に栄養を取られていたからだと、自分もまた妊娠中に歯が一本抜けたことを津和子は思い出し、そのくぼみを埋めた新しい差し歯を舌で撫でた。

「胎児内胎児」という診断がつくと、そこから病院の外科医と産科医と小児科医が入り混じって、どうやってとりあげるかの検討が始まった。乳児の中にいるだけあって、その子はとても小さく、取りだしたところで一人では生きていけるかわからず、結局彼らはある程度大きくなるのを待つことにした。幸いにも、瘦せこけていく乳児とは対照的に中の子供はすくすくと生育していったようで、半年経った頃に外科医による手術で無事に腹の中から取りだされた。

今まで癌を切り取ってばかりで、赤子をとりあげたのは人生初めてだと、外科医は嬉しくてたまらない様子で、

「おめでとうございますおめでとうございます」

何度も祝いの言葉を口にして、書類棚を漁って出生届を一枚取りだした。そして、一年前に産科医が書いた出生届のコピーを傍らに置くと、出生証明書の生まれた場所、日時、

母親の名前、その他もろもろを丸写ししていく。名前、身長、体重以外の全てを同じ内容で埋めた。

兄のお腹から取りだされた時が生まれた日ではなかった。兄のお腹にいたからといって兄の子ではなく、ＤＮＡはやはり津和子たち親のものだから、兄が生まれた時に弟も同時に生まれた、という扱いになるらしかった。

津和子はその日のうちに市役所へ出生届を出しに行ったが、

「ここ69年に訂正お願いします」

若い事務員に〈生まれたとき〉という欄を指さされる。

「いや、あのつい先日なんですけど」

「えぇ、今年は69年ですから。ここ訂正お願いします」

「いや、実は68年に、一年前に、生まれてまして」

「はぁ……出生届は生まれてから二週間以内に提出してもらわないと。ときどきおられるんですよね……」

若い事務員はため息をつくと、

「上島さーん、今ちょっと、よろしい？」

立ち上がって声を張り上げながら、

「一年前の出生届って受理できないですよねー？」

奥のデスクへ上司を呼びに行く。津和子はトートバッグをどかっと受付デスクに置いて、中から書類を取りだした。

「困りますわぁ。今から戸籍作れるかなぁ」

奥から中年男性がさきほどの事務員を引き連れてやってきて、その時には、津和子はレントゲン画像や医師の診断書、はたまた外科医が描いてくれた『乳児の中の胎児』という名画みたいなタイトルの図説を並べ終わっていた。

その後は中年男性の上司がさらに出てきて、裁判所の書類が必要だからと説明を受けて、結局そこから数日の間、津和子は市役所と地方裁判所を結ぶ大宮通りをバスで何回も行き来することになった。

裁判所の書類を添え、ようやく役所に出生届を受理されるとなった時、

「どちらをお兄さんで、どちらを弟さんにされますか」

と尋ねられて津和子は達治と顔を見合わせた。

津和子も達治も端《はな》から勝彦を兄と思い込んでいたなかで、出生時刻は同時刻になるので戸籍上はどちらでもよい、とは役所の弁だった。

腹の中にいたものを兄とするわけにもいかず、また、孕《はら》んでいたものを弟にするわけにもいかない。やはり思いこんでいたとおり、勝彦を兄とし、そこから生まれてきたものに若彦《わかひこ》と名付けて弟とした。

そういった面倒を片付けている間に、勝彦さんから取りだされた父は猛烈な速度で大きくなっていき、数か月で新生児治療室から出ることができたらしい。乳児の中に住んでいたため当初の体重は七百グラムにも満たなかったが、退院するころには標準体重に追いついて、兄の体重を抜いていたそうだ。

「そこから、かっちゃん、ずっと痩せたまんまらしい」

と十年前に語った我が父・若彦は今、二階で寝ていてリビングにはいない。父が十年前のあの日に自分の出生を思い出して語りだしたのは、娘たちが大きな病気もせずに成人式を迎えることになったからだと今になって気がついた。

一方、父と伯父の出生話を思い出した張本人の瞬はとっくに飽きて、振袖カタログをもう半分ほどまで進めている。開かれたページには黄色とピンク色の付箋が一枚ずつ貼られていた。十年前に貼られたものだから糊は粘着力を失っていて、黄色のものは黒ずんでいて今にも剝がれそうだ。

「ピンクが杏《あん》じゃない？」

瞬がページの右上を指差す。辻ケ花染めの赤地の振袖にピンク色の付箋が貼られている。

「いやぁ、そういうのは昔っから好きじゃない」

その振袖はどうみても自分が選びそうなものではなかった。

「わたしはもっと好きじゃないわ」

瞬は指先でその振袖をトントンと叩いた。ページの左端の振袖には黄色の付箋が貼られていた。金に縁取られた菊と芍薬の古典柄の振袖もまた、私が選びそうなものには思えなかった。

「やっぱり黄色が瞬なんかな」

「だから、そうやって」

瞬は頭にピンと来た確信のままに答えて、その声色に私は妙に納得する。しかし、振袖が完全に見えるように付箋をめくってみても、どちらも何も言わない。

最終的に選んだ振袖はこのカタログに載っていたものだったかなとページをめくっていくと、すぐに男性用の紋付袴に切り替わった。瞬はコタツから抜けて台所のリモコンで暖房の温度を二度ほど上げる。寒さで足裏が痛んで、私は母の台所用のスリッパの上に避難する。

瞬は振り返り冷蔵庫を開けて、中を物色しはじめる。

「あったかいものがいいな」

しかし、瞬は返事せず、卵と春雨を取りだす。中華スープでも作ってくれるとありがたいと傍観していると、のそのそと階段を下りる足音がする。

リビングに父がゆっくりとした足取りで入ってくると、

「はだしで寒くないの？」

瞬が卵をかき混ぜる手を止めて呟いた。

「おぉ。あぁ、そうか。来るの今日やったな。お母さん、パート行った？」

「一時間ほど前」

「仕事はどうや」

「かわりなし」

父はコタツに入ると、

「寒い寒い。工場はもっと底冷えしてるやろう」

寒さを思いだしたように両手もコタツ布団の中に突っこんだ。五十代に入り、ここ数年で白髪が一気に増えて少し猫背になった、そんな父にも十年前の父の名残りが十分にある。

「あぁ、あったあった。続き、思いだした」

瞬も同じように父を見て思いだす。十年前のあの時に話された、伯父の（そして、自らの）出生の話には続きがあった。

父はつまり、外科医に取り上げられるまでの都合十二か月もの間、兄である勝彦さんの中に仮住まいしていた。さらに驚くことに伯父の体内に存在していたのは父だけではなかった。左の脇腹、ちょうど父の居た反対側には嚢胞《のうほう》と呼ばれる小さな袋があって、そこには背骨や指の骨、眼球、髪の毛、歯などが入っていた。外科医が言うにはそこにおそらくもう一人育つ予定だったが、成長しきらなかったか、あるいは母体である勝彦さんに吸収されてしまったのだろうと。

「もし生まれてたら、どんな人やったんかな」

一卵性の双子にもかかわらず不均衡な生まれをしたせいで、父と伯父はまったく似ていない。だから、もし三人目、つまり叔父が無事に生まれていたとしてもきっとどちらにも似ていなかったに違いない。

「ほんとは三つ子かぁ」

瞬がそう言いながら何気なくフライパンを取りだして、ようやくオムレツを作っているのだとわかった。

「お父さん、なにかいる?」

瞬はコタツテーブルに肘をつく父にたずねる。

「あったかいのがいいな」

「オムレツでいい?」

冷蔵庫を開けて、卵トレイから卵を二つ取りだす。

「ご飯ないか?」

「炊いてないと思うけど。あっ、ジャーに昨日のご飯残ってるわ。オムライスでいい?」

瞬が振り返ると、父はテーブルに肘をついて眠っている。ため息を吐いたのは私か瞬か、判別できないのだから二人とも呆れたのだろう。

父は生まれた後でも、兄様の体内に居座って自分の肺で呼吸すらせずに酸素を横取りして、十か月（母の中）と十二か月（伯父の中）もの間、外の世界に放り出されずにすんだのだから呑気にもなる。

オムライスができて瞬が皿に盛りつけると、父は察したように顔を起こした。不意に瞬は父にオムライスをやるのが惜しくなってきて、自分で食べようかと思ったが、私がオムレツの皿を持つと瞬はオムライスのほうを持って、すたすたとリビングを横切っていく。

「あれ、スーツやん。今年、就活か」

窓から隣家の準《ひとし》君が出かけていくのが見える。テーブルに皿を置くと、

「どっちがオムライスや」

父は両方を見比べる。瞬はさきほどの魂胆などすっかり忘れて、

「こっち」

右の皿を押しだす。父がスプーンを皿から拾って、オムライスを口に放りこんだ。数口続けて口に入れたところで、

「食べ終わったら、駅まで送って」

瞬が突然切りだした。

「買い物？」

咀嚼《そしゃく》していた父の顎がピタリと動きを止める。

私は握っていたスプーンを瞬に渡して、

「帰るつもり。な？」

と瞬にたずねた。

「そ。明日は早番やからもう帰る。お父さん暇でしょ？　平塚駅じゃなくて、藤沢駅まで送って」

瞬は高らかに言い継いで、オムレツをスプーンですくって口に放りこむ。ちょうどいい半生《はんなま》ぐあいで、口の中でよだれがジュワッと分泌されるのを瞬は感じて、私は帰ったらお風呂に入って温まろうと思った。

＊

金目川沿いの62号線は歩道がなく、車でないかぎり通らない道路だった。ここを歩いたのは日焼けを恐れない小学生の頃が最後だ。路肩から夏草が勢いよく生い茂り、むっとするほどの草いきれを漂わせていた暑い季節の記憶しかないが、冬の今でも野草はたくましく繁茂している。

平日でも地道《じみち》は少し混んでいたが、新湘南バイパスまで来るとそこからは空いていた。家を出て五年ほど経っても時々実家に帰ってきていたが、父の運転するセレナの助手席に座るのは久しぶりだった。海沿いのなんでもない景色が新鮮に思える。

まだ暖房で暖まりきらない車内の寒さにまいって、わたしが右手をポケットに突っこむと、杏は懐かしい景色の空気を吸いたくなって助手席の窓を少しおろす。

「藤沢駅じゃなくて、マンションまで送ろうか」

父の提案にわたしも杏も少し戸惑った。藤沢駅まで自転車で出たものの、マンションまで送ってくれるならそれはそれで助かる。自転車は翌朝、仕事前に駅に寄れば問題ない。

「ちょっと、待って」

杏は携帯のアプリで明日の天気予報を調べる。

明日は快晴　最高気温10℃　最低気温０℃

「じゃあ、マンションまで送って」

わたしが答えると、杏はアプリを閉じた。

藤沢駅を過ぎて、そのまま柳通りをまっすぐ進むと後ろから西日が差す。郵便局を過ぎたあたりで父は少し前かがみになってハンドルに体重をのせた。村岡隧道《ずいどう》を抜けて光が射しこんでくると、目を細めて車のスピードを落とす。

「どこ曲がったらよかったっけ。あの歩道橋過ぎたところか」

父が指さした歩道橋には〈春巡業　大相撲藤沢場所〉と横断幕がかかっている。

「まだまだ。この先の高架過ぎて、もう少し行ったところ」

「あっ、〝ノエル〟で下ろしてもらったらいいやん。明日のサンドイッチ買ってかえろう」

「家にまだ塩パンあるって。今朝、二個残ってた」

「あぁ、そうやった」

確かめ合っているあいだにノエルを通り過ぎて、高架へさしかかる。

「高架、通り過ぎて一本目の小路」

「ここか」

「違う違う。右じゃなくて左の小路」

「通学路やから気をつけて」

そろそろと徐行で入った通学路に子供たちはいなかったが、第二公園には親子連れが数組いる。

「あぁ、たしかにここらへんやったなぁ」

フロントガラスを流れていくマンションを父はきょろきょろと眺める。

「あっ、ここや」

父は嬉し気に右手でマンションを指さして駐車場に入っていく。入口の前のスペースに停めると、

「あぁ、会社から電話やわ」

父は運転席のドアポケットから携帯を取りだした。

「あぁ、そこなら近いな。今藤沢まで娘送ったところ。取りにいっとく。営業所に持ってくの明日でもいいんなら」

せっかくの休みを自ら仕事に出かけていく父の話しぶりを聞きながら、助手席から降りると杏がドアを勢いよく閉めた。

手を振ってから「損得はない人やけど」と杏は言いながらマンションに入った。玄関で郵便物を漁っているとクラクションの音がして、振り返るとセレナが駐車場から出ていった。

郵便物を片手に自室に着くと、わたしはさっそく冷蔵庫を開けた。塩パンがたしかに二個あって、もう出かけなくてよいとコートをハンガーにかけた。

「何年振りかな。ひさしぶりに伯父さん思い出したの」

ソファに腰かけようとすると、

「このままお風呂入ってしまお」

杏の言葉にも体は止まらず、ソファにどかっと腰かけた。首をソファの背にもたせかけて、天井を見上げた。

「最後に会ったのって、高校生のころ？」

「いや、大学の時に、一回お見舞いに行ったはず」

杏が立ち上がろうとして、しぶしぶわたしも腰をあげる。洗面所でニットを脱いで、洗濯カゴに入れていると、

「さっきの話の続き」

杏がそう呟いて脳裏に伯父が浮かんでくる。浴室に入り、冷えた床と壁に熱めのシャワーを浴びせかける。

「伯父さんってさ、お父さん孕んでる時、辛かったんかな。それか、産み終わって空っぽになってからの方が辛かったんかな」

そんなことが思われてくると、ぼんやりながらも浮かんできた伯父の顔はやはり貧相だった。がっしりとした顎を持つ父の顔とはどうあっても似つかない。

「今度きいてみたら」

頭からシャワーをかぶると、次第に伯父の顔は薄れていく。ことのほか印象の薄い人だから、どうしようもなかった。移動が体に障るといけないからと盆暮れも電話で済ます人で、会うこと自体少なかったのもある。それでも、五年に一度くらいの頻度で大阪の大学病院に入院する伯父を母と見舞いに行った。

父が見舞いに来られない時は「わっちゃんは最近どう？」と勝彦さんは父の近況をしきりに知りたがった。そして、母から一通り父のたわいもないあれこれを聞き終えると、勝

彦さんはどこか遠くにいる父を慮《おもんぱか》るような目をして、そこから無口になってしまう。妻の美和《みわ》さんは輪をかけて無口な人で、一人娘の彩花《あやか》が大きくなるまで、会話の続かなさに母と一緒に困り果てた記憶がある。

父が見舞いに来た時は一転して、勝彦さんはお喋りになった。父も到着するなり、普段家族の前ではこぼさない愚痴をこぼす。やれ営業車のシートが硬くて腰が痛いとか、やれ車のクーラーの効きが悪いとか、患者である勝彦さんの前でこぼすのだ。伯父も伯父で父が来ると生気を取り戻したように、ビワの吸い玉が腰痛に効くらしい、生野菜を食べれば夏でも体が涼しいなどと父を気遣った。

シャワーで体が温まっても、頭の集中だけはまだとけない。杏が伯父のことを考えこんでいるのだ。

つまり、

父が伯父の中にいた時、父の体内へ勝彦さんの動脈と静脈が乗りいれていて、父は血管から直接酸素と栄養を得ていた。伯父にとって父は紛れもなく内臓の一つで、父にとって伯父は世界そのものだった。その感覚がきっといつまでも続いているのかもしれない。自分が病んでいても父を気にかける伯父の気質も、何が起こっても周りが助けてくれるもんなんだ、といった父の気質もきっとここから来ている。

出生届には午前・午後何時何分までしか記入欄がないのは、双子でさえ出生時刻が秒まで同じというのはありえないからだ。同秒で生まれた伯父と父が普通の双子以上にテレパシーみたいな感応力で繋がっていたかは不明だが、十か月で離れ離れになる普通の双子以上に二人が結びついていたのは確かだ。臓腑的な関係で生まれた二人、その特殊な生まれはその後の人生にも影響を与えるほどで、実際、父は伯父の体から取りだされ、初めて自分でミルクを呑む段で、数回嚥下《えんげ》をしてから、シューっと真冬のゲレンデのシュプールみたいにミルクを噴き出したらしい。何回飲ませても白い噴水を宙に描いて、医者の顔にミルクを浴びせかけたと。原因は生まれつき父の食道が胃にくっついていなかったからだった。つまり、父は端から自分の胃腸など使う気はなくて、その体は生涯伯父の中で養われて生きていくものとして設計されていたのだ。伯父も父がいなくなってから肝臓と右の腎臓が悪くなったらしいから、手術によって取りだされたのは二人にとって不本意なことだったのかもしれない。どちらにせよ、放りだされた父は自分の胃腸で食べ物を消化して生きていかなくてはならなくなった。すぐに手術を受けて食道と胃はくっつき、父唯一の病気〈先天性食道閉鎖症〉は完治となった。それ以来、父は病気や怪我をしたことがない。このままでは成人までもたないだろうと宣告され、生涯に何度も手術を受けてなんとか五十代まで生き延びている伯父を思うと、父と伯父は離れ離れになった後でも、二人の生まれながらの関係性が続いているようにみえる。透明な一方通行の通路が今も繋がっていて、父は病気や怪我などを伯父に押しつけているのかもしれない。

杏はこんなことを考えていて、わたしはただ浴室の鏡に石鹸をつけて泡立て、水滴でぼやけている鏡面をシャワーで洗い流した。水垢のとれた鏡面が浴室と左右非対称の顔を映しだしても、焦点の位置を杏は見ていない。思考し続ける杏をほうっておいて、わたしはシャンプーをつけて髪の毛を泡立てはじめた。

鏡にはたった一体の人間が映っている。一体だけど一人ではない。何の因果でかおかしな体に生まれたことに重い息がもれる。双子の姉妹ではあるが伯父と父以上に全てがくっついて生まれ落ちて、そして、今もくっついている結合双生児だから、杏が伯父と父のことを考えてしまうのはしかたがなかった。少なくとも周りにくっついている人間はいないのだから、かつて強く繋がっていた二人の心境が杏は気になる。

わたしは鏡に映るおかしな体を洗っていった。右はなで肩で、左はいかり肩。普通より骨格的に幅も厚みもある胴体には二人分が詰まっている。小顔矯正どころか、美容外科手術でさえ、どうにもならないレベルで鉢のはった頭の上に泡を立てた。

頭も体も洗い終えても、杏は考え事を続けている。今日はわたしが体を拭いて、頭を乾かすしかないと諦めたところで、杏は手を伸ばして浴槽のカランを捻った。浴槽にお湯が注がれるのを見て、わたしもまた張っていた気が抜けていく。水面が少しずつ上がっていくのを二人で眺めていると溺れていくような心地がした。

＊

母は身ごもった時から医者に流産の可能性をほのめかされていた。後になってわかったことらしいが、もし男児だったなら必ず死産になっていたらしい。出産を無事に終えた際も致命的な疾患こそ認めなかったが、長生きはできないから思う存分可愛がってあげてくださいと告げられたという。

浴槽にお湯が六割ほどたまると、カランを閉じた。浸かるとちょうど鳩尾《みぞおち》くらいで、お湯をすくって鏡にかけた。そこにいるのはやはりたった一体の人間だった。世界の他の結合双生児たちと私たちは少し違う。アビー&ブリタニー姉妹は胴体が全部くっついているが、首は二本で頭は二つある。ベトちゃんドクちゃんは腰部がくっついていても、それぞれの上半身を持っている。

私たちは、全てがくっついていた。顔面も、違う半顔が真っ二つになって少しずれてくっついている。結合双生児といっても、頭も胸も腹もすべてがくっついて生まれたから、はたから見れば一人に見える。今でも初対面の人は、私たちの顔を見た時、面長の左顔と丸い右顔がくっついたものとは思わない。結合双生児ではなく、特異な顔貌をした「障がい者」だとみられる。

　生まれた時もそうだったらしい。私たちをとりあげた医者や助産師、そして、両親さえも、しばらくの間、私たちの出産を一人の人間の誕生として祝った。ただ、明らかに歪《いびつ》な見た目から、医者はすぐさまDNAや染色体の検査を行ったらしい。体のある部分から半分の数の染色体が、ある部分からは二倍以上の染色体が検出されたりした。内臓にも異常があった。左脳と右脳の間に小さな脳があり、腸は東名高速道路のように途中で分岐し、直腸辺りで再び合流していた。膵臓は重なるように二つあって、子宮は普通より極端に大きく、中に仕切りのような肉壁があって二部屋に分かれていた。そういった歪な内臓が人一倍分厚い胴体と頭蓋骨に収まっていた。左右の腕の可動域の違いも生まれた時からしく、今では長さと太さまで違っている。

　ただ、先天性の障がいと結論づけるには納得のいかないことが多かったらしい。DNAや発生の異常というよりも、むしろ、不測の事態に体が対応した結果、この形に変化したように思われ、医者は長期にわたって経過観察することに決めたという。

　家族は今後、赤子の体にさまざまな不具合が出てくることや、長くは生きられないことなど医者から厳しい宣告を受けた。しかし、両親と母系の祖母の三人に見守られるなかで、通常の赤子同様の手間はかかったものの健やかに育った。成長や発達の遅れはなく、知能や身体の不具合も出てこなかった。かわりに出てきたのは説明しようのない違和感だった。

言葉を話しだす少し前から父は、話しだしてから母もまた何かに感づきはじめた。

鍋が煮立つ音に紛れる足音、振り向くとたどたどしく歩く我が子。母は気を取り直して包丁を握るも、やはり気にかかって野菜を切る手が止まってしまう。父で言うと、抱っこの最中、娘の啼泣《ていきゅう》に思いがけず息が凍るも、自分が娘の何におののいたのかわからない。落とさないように抱きかかえながらも背筋に戦慄が止まらない。だいたい、父が不審に思うとき母は安らいでいる。逆もあるが、二人が同時に共感することはなかったらしい。

長期にわたる経過観察のすえ、医者の見立てと両親の直感が徐々に近づいて、五歳の秋に交わった。すべてが半分ずつ結合した双生児なら、臓器が二個あったり、子宮が二倍の大きさだったり、顔や体が左右非対称で歪なことも矛盾しない。そうわかってから障がいだと思っていた体の、左半身だけを頭からつま先まで通して見ると何の異常もない体で、右半身もまたそうだった。符合しないのは爪の形くらいだった。精密検査で結合双生児だったことが確定すると、両親は役所を訪れた。窓口では役人に首を捻られて、小田原の家庭裁判所へと回された。

裁判所に連れて行かれたことはよく覚えている。魔術師のような法服を纏《まと》った中年の男性判事と面会があった。彼は医師の書類に目を落としてしばらくしてから、幼稚園児の私たちを一目《いちもく》し、今度は私たちから目を離さなくなった。立ち上がり凝視し、次に遠目から周りを歩いて、そして、書類を片手に両親へ質問を投げかけた。

裁判官が目の前に来て腰を屈めると、医師の作った見解書が見えた。そこには体の一部分がくっついた結合双生児がたくさん描かれている。頭がくっついている双生児、胸がくっついている双生児、腰がくっついている双生児。写真も一枚あった。それは腰がくっついている双生児で、今思うにそれはベトちゃんドクちゃんだった。

体の一部がくっついた双生児たちの最後に、たった一体の人間が描かれていた。ただし、真ん中に定規でまっすぐな線が引かれていて、右半身には瞬、左半身には杏、と名前が割り振られている。一体だけど一人ではない、そんな私たちの絵を裁判官はまじまじと見つめてから、実物に目を移してきた。

彼は名前を順番に呼んだ。濱岸杏さんと呼ばれると私は左手をあげて、濱岸瞬さんと呼ばれると瞬は右手をあげて元気よく返事をした。そして、右半身と左半身を交互に観察した後、彼は私と瞬のどちらでもない場所、つまり境界を見いだした。顔や体の真ん中では皮膚の色がわずかに違っていた。首筋や胸など二色が曖昧になって混じりあっているが、下腹部では左半身が押しこんでいる部位や、右半身が押し返している部位などがあり、背中などは二つがくっついたような縫合線、あるいは境界線のようなものがくっきりと浮かび上がっていた。二人でTシャツをたくし上げて腹の境をみせると、裁判官は低く唸ってから、じろりと両親を睨み、「触ってもよろしいですか」と厳かな声を漏らす。大人しくしているようにと母に言いつけられていたから、判事の太い指で腹をなぞられる間、私はくすぐったいのを必死に我慢していた。しかし、とうとう瞬が腹を揺らしだし、そこから二人でからからと笑ってしまった。静かな部屋に二人の笑い声が混じって、不協和音のように響いた。裁判官はあっけにとられた顔をして、そこから机に戻って書類を作りはじめた。もうその時には、瞬は我慢できずに声をあげながら走りだし、追いかけてくる両親から私も一緒くたになって逃げまどう。父に捕まっても二人してはしゃいでいると、それをつぶさに見ている判事と目が合った。その表情はやけにすっきりとしたものだった。

裁判官の発行した書類をもとに役所に受理された出生届は、五年前に提出したものと時間や場所のみならず、身長も体重もまったく同じだった。濱岸杏という名前欄の、杏という文字を瞬に替えただけのものを役所に提出した。

両親は私たちが二人と認められたことに安堵した。帰りの車では、出産育児一時金をもう一人分申請すること、税金の控除額が増えるのはいいがスイミングの月謝は二倍払わないといけないかなど、生活に及ぼすさまざまな影響を母がひたすら父に話していた。私たちも機嫌がよかった。私たちを見た大人たちが例外なく青ざめた顔をする理由がわかってよかった、と後部座席で胴体を揺らしてお遊戯曲を歌った。

つい最近名前がついたばかりの妹と車の窓から西湘バイパス沿いの海を見下ろした。海を訪れたことはあったが、波打ち際間近の、数メートル上を車で走るのは初めてだった。

飛んでいる鳥が見るようなあの海景色が脳裏を巡っているうちに頭がのぼせてきて、私は浴槽から立ち上がった。突き上げ窓を全開にして、浴室の湯気を逃がしていく。かわりに夜気が入ってくる。ひんやりと湿っていて、濡れた草の匂いがした。小雨が降っているようだ。遠くから雷の音が聞こえてくる。

私がすんすんと鼻を鳴らして心地よく夜気を嗅いでいると、今度は一段低く轟く雷音に瞬は恐怖を感じる。背中に悪寒がして、瞬はもう一度温まりたくなるが、私はまだ心地よい夜気をのぼせた体に浴びたかった。

ふと、何かが剝がれた感触がした。視線を落とすと、浴槽が真っ赤に染まっている。お湯も鮮やかな血色で、何より鏡に映る体が血まみれになっている。

「えっ」

手で腹の血を拭おうとすると、手もまた血で覆われている。私は混乱してシャワーを手に取った。頭からかぶり、瞬は荒れた呼吸を一生懸命に抑える。熱いのか生温いのかわからないシャワーを浴びているうちに呼吸が落ちつき、シャワーヘッドを頭から外した。瞬が瞼《まぶた》まわりの水滴を払って目を開けた。

浴槽は透明なお湯のままだった。体にも血は残っていない。手にも、その手で摑んだシャワーヘッドにも血はついていない。周りを見渡しても、血は一滴もない。胸にも腹にもどこにも傷はなく、後ろを向いて鏡に映った背中をみても無傷だった。頭髪を探っても、手に血は付着していなかった。頭は混乱していても緊張はほどけて、浴槽にすとんと腰を落とした。

「なんか変な想像した？」

「わたし？」

「いや、なんでもない」

瞬が強烈な妄想をして、それが現実と重なって見えたわけではなさそうだった。中腰でお湯に鼠径部まで浸かったあたりで、ぼとっ。体から何かの塊が欠け落ちる。首を屈めると、数センチほどの赤黒い塊が浴槽の中をゆらゆらと揺れながら落ちていく。輪郭をくゆらせているから、お湯の中でそれは燃えているように見えた。

「生理……？」

たしかにそろそろ生理が始まる時期ではあった。あの血塗れの全身と血だまりの浴槽は生理の始まりが見せた幻覚だったのだろうか。いや、あれは生理の実感的な鈍痛とは違って、遠くて、しかし、鋭い痛みだった。はるか遠い場所で何かが引き裂かれたようなもの。全身を覆っていた血もさらさらとした鮮やかな血だった。

瞬は不思議に思いながら立ち上がり、右足の親指にチェーンをひっかけて、風呂の栓を引き抜いた。渦巻いて吸いこまれていくお湯を眺める。浴槽からお湯が抜けて、水面が下がっていく。水中にはいくつかの固形の血が散らばっていた。レバーみたいな赤黒い塊が輪郭から赤い色煙を立たせている。

浴槽から出て、温冷レバーを極限まで捻った。熱いシャワーを浴槽にあびせかけて、壁面にくっついた血を落としていく。最後に排水口にシャワーを近距離からかけて、詰まっていた血の塊を溶かした。

湯気で温まった浴室とは違って、洗面所は冷えきっていた。スウェットを着て暖房の効いた部屋にドライヤーを持ちこむ。ソファに座って、明日の早番のシフト表を見つめた。ドライヤーで頭頂部を乾かしていくと、手櫛に瞬の旋毛《つむじ》が触れる。瞬の髪はほんの少し天然パーマで旋毛の癖も強かった。すぐ近くに私の旋毛もあるはずだが、私の髪はさらさらで旋毛も小さく、感触ではわからない。

髪が乾くと瞬はドライヤーを床に置いて、ネイルチップスタンドを出した。趣味と実益を兼ねてはじめたネイルチップのネット販売。サイズが合わなかった際の返品は受け付けていない分、値段は安く設定している。明日の朝に発送予定の、納期のせまったネイルチップを完成させないといけなかった。すでに五つのうち、三つのネイルチップには色が塗られていて、今晩中に残り二つを完成させればよかった。腹がぐるぐると鳴って何か食べたかったが、瞬は無視してペンを持った。

透明のネイルチップが桜色に塗り潰されていく。私はネイルチップスタンドを押さえながら、そっと空腹感に意識を集中して、それを瞬にこっそり押しつけた。すると、徐々に空腹感がおさまっていく。

　これは時おり使う技術で、中学生時代に偶発的に編みだされたものだった。十四歳の春、生理の尋常でない痛みに失神した。とてつもない出血量に血塗れになって救急搬送された。主治医の先生によると、子宮が普通の二倍ほど大きくて、剝がれる子宮内膜が数倍あるのが原因らしかった。それから処方されたピルを飲みはじめたが、それでも痛かった。それにくわえて、こういった体であることや見た目などを同級生たちに一番激しく揶揄《やゆ》された時期でもあった。瞬と違って私は反発したが、どうしようもない時には、瞬がいじめられているとか、瞬が生理で痛がっている、ということにして全てをあの子に押しつけてみた。ときどきうまくいくことがあって、そんな時は一時的に真ん中が抜け落ちて、辛さや痛さが輪郭だけになった。

　ネイルチップを一つ完成させたところで、携帯がちかちかと光る。表示に「母」とあって、瞬は手に持ったペンを離してスピーカーフォンにする。

「なんで帰ったん？」

瞬はネイルチップに焦点を戻し、私が咳払いして答える。

「納品するネイルあるし、それに明日は仕事、早番やし」

「すき焼き用のお肉もらってきたのに」

「そうなん、じゃあ、冷凍して送ってよ。それか明日、仕事終わりにもらいにいこかな」

すると、途端に母は黙りこくる。しばらく沈黙が続いてから、

「どうしたん。明日なんか用事ある？」

瞬が持ち前の直感を受けて言葉が口を衝いて出た。

「あのね。今さっき電話あって。勝彦伯父さん亡くなったって」

一呼吸おいてから、ドッドッドッと心臓が三回連続で脈を打つ。全身ががくがくと痙攣《けいれん》してから背骨が波打った。

「明日がお通夜で、明後日がお葬式。明日仕事終わるの何時？　お父さんは仕事休めるかまだわからないって。お母さんは明後日の朝から行くけど、仕事休めそう？」

「たっ……たっ……」

舌が唇の間で数回弾けた。鳩尾がぎゅっぎゅっと勝手に縮んで、ごぽっごぽっと泡《あぶく》のように胃液混じりのげっぷがこみあげてくる。耳には遥か遠くから呼んでいる声がする。瞬が叫んでいるように思えたが、そうではない。私でもない。

瞬と母の話し声の奥で、ベランダの室外機がぼおんぼおんと鳴っている。その木霊のような増強しては減弱する回転音に合わせて、声がたしかに揺れている。私に話しかけてくるのは誰か。

それから気がつけば朝だった。記憶がないということは、私は久しぶりに瞬より早く寝たことになる。

## 2

就業時間の三十分前についたこともあって、工場裏手の駐輪場にはまだ一台も停まっていない。入口でもらった鍵を裏口に差しこんでドアを開け、タイムカードを入れる。薄暗い廊下を進んでいき、ロッカー室に入って電気を点けた。手際よくつなぎの作業着に着替えていると、話し声と足音が近づいてくる。ロッカーの扉裏の小さな鏡で前髪を整えていると、勢いよくドアが開いた。

「おはよー」

早番の谷口《たにぐち》さんと島田《しまだ》さんがつづけて入ってくる。子供が地方の企業に就職してからパートを始めたこの二人は、いつも同じバスに乗ってやってくる。

「有給ってバイトでもとれるって」

「無理でしょ」

二人は左右のロッカーにわかれて、わたしを挟みながら会話を続ける。

「ネットでは可能って書いてあるけど」

「ここはそういう融通きかないじゃない」

早朝から、かしましい話し声に挟まれる。いつもはすぐに苛立つ杏は放心していて反応がない。

　昨晩、伯父の訃報を聞いた途端に、杏はパニックを起こして、声でも頭の中でも猛烈に語りだした。完成させるはずのネイルチップもほっぽりだして数時間も途切れなく語り続ける杏を、睡眠導入剤を飲んで無理やり寝かしつけた。早番や遅番の睡眠時間を調整するために月に一度か二度使う弱い眠剤、それが効きすぎたのか、今朝、目を覚ましてからも杏はずっとうわの空だ。

「ねぇ、一昨日も思ったんだけど、濱岸さんって、ときどき関西弁になるよね」

「なってる、なってる」

　両側から視線を感じて、

「両親とも京都出身なんで」

　わたしは会釈しながら返事をする。

「そうなんだ。関西弁のときにいつも声低くなるよねー」

「関西弁じゃないときでも低くなってる。ちょっとびっくりするんだよね、濱岸さん、怒ってるのかなって」

「えぇ、本当ですか」

　大学を卒業した後で知り合った人には何の説明もしていない。初対面の人に濱岸杏ですと杏が自己紹介すればわたしは黙り、わたしが濱岸瞬と名乗れば杏は黙っている。深く知り合う前から自分たちの状況を説明したところで惨めでしかない。この職場では濱岸瞬で就職したから杏は存在しない。ぶつぶつと独り言の多い、特殊な顔貌をした、たった一人の二十九歳だ。

「なんか、全然雰囲気が違うときあるから」

「わかるわかる。たぶん、濱岸さんは家族とか彼氏に対してガラッと態度が変わる怖いタイプだね」

彼氏はいたことがない。しかし、大学生の時に一度だけキスをしたことはある。わたしが気になっていただけで杏はまったく好きではなかった。大学の飲み会の帰り、酔っぱらった勢いでしたキスはわたしには幸せな記憶になって、杏にはトラウマになった。しばらくして二つの記憶は混じって、今では思い出すとマーブル模様の気持ちになる。二人が同じ人を好きになったことは今まで一度もない。性行為も共有の膣を使うのだから、どちらかがレイプされることになるので永遠にできない。子供が産めない体だとわかってからは興味もなくなってしまった。

どんと左の肩がぶつけられて、

「あぁ、ごめん」

左側のロッカーを使っている谷口さんが謝る。

「谷ちゃん、ときどきぶつかるよねー。知っててでしょー」

右側のロッカーを使っている島田さんが嬉しそうに揶揄する。

「ちがうちがう。普通にしてたら大丈夫なんだけど。濱岸さんと話していると、なんだか変な感覚になっちゃうんだよね」

すると、右側から島田さんが真っ直ぐな目で覗きこんでくる。

「脳梗塞とかで半身麻痺になった体って存在感薄くなるんだってー」

「いや、わたし、両手両足動きますから」

わたしはとりつくろって両手を握っては開いてみせた。

「じゃあ、大丈夫ねー。ははは。でも、最近は若い人でも、突然脳梗塞とか起こして半身麻痺になっちゃう人いるんだってー」

島田さんは破顔してつなぎのジッパーをあげると、

「あー、時間。やばいやばい。先に入るね」

ロッカー室を小走りで出ていく。追うように廊下に出ると、奥のパスボックスへと島田さんが入っていく。頭まで白いフードを被って、大きなゴーグルをつけて、パスボックスの前で待った。ランプが赤から緑に切り替わり、ドアを開けて中に入る。真横からエアシャワーが放出され、わたしは両手をあげて体を十秒で一回転させる。風がやんで、ロックが解除される音がして、向かい側のドアから出て持ち場へと向かう。ラインに沿って立つと、工場のベルが鳴って発酵して成形されたパンがラインに乗って一列で運ばれてくる。

形の悪いものを手に取って、整えてかえす。手際がいいので評判は良かった。二人の人間が一つの体を使っているのだから、他の人よりも働き者なのは当然だった。左右の目も別々に動かせるのだから、視野も注意力も二倍だ。

ただ今日はいまいちだ。眠剤で強制的に寝かしつけたせいか、杏の意識は今も鬱滞《うったい》している。今日は一人で働いているようなものだった。左肩には先ほどぶつかった感触の余韻が残っている。

高校時代には肩がぶつかることが増えた。濱岸杏と濱岸瞬の二人は教室も席も同じ場所でないといけないと高校教師たちはわかっていたが、一年生から二年生にあがる時、ロッカーは離れ離れでも問題ないと気がついた。そのせいで肩幅の広い水泳部の女子が右隣のロッカーにやってきて、一年間、たびたび肩がぶつかることになった。

ロッカーが離れ離れになったあたりからどうも扱いが雑になって、卒業式でも中学の卒業証書授与は二枚重ねてもらえたが、高校では杏が証書を受け取って、同じ名字の浜岸泉《いずみ》が呼ばれて壇上にあがる間にぐるりと回ってもう一度壇上にあがるハメになった。わたしたちを良く知らない市長は校長に耳打ちしていた。なんであの子だけ二回取りにいったの、とでも聞いていたのだろう。校長が一言二言返すと、市長は頷いていたから、校長も校長で、中学生のときにわたしたちのことをあしゅら男爵と揶揄した体育の先生みたいに、都合の良いキャラクターでも引用して市長に説明しているのかもしれなかった。

わたしたちの特殊な状況に風当たりを感じたのは小学生の高学年からだった。

右肩にぶつかってきては、

「あっ、杏ごめん」

左肩にぶつかってきては、

「あっ、瞬ごめん」

逆の名前で謝るのが男子の間で流行った時期があった。そんな時、杏は容赦なく男子を突き飛ばした。中学生の頃はさらにそういったことは激しくなったが、杏は反発してわたしはだいたい静観した。そういったことも高校に上がるとほとんど収まったが、それでもまったく何もなかったわけではない。

今は平穏だった。ただの顔の歪んだ人として扱われている。マスクと眼鏡をかけて、前髪をおろせば、街中でもすれ違う人にじろじろと見られることもない。

説明しても得することは何もない。二人で働いているからと説明したところで理解などされないし、理解されたところで給料は二倍にならない。高校生の頃、昔から事情を知っている友人の親元で働いたことがあった。年末、郵便局で年賀状の仕分けを誰よりも速くこなしたが、一人分のバイト代しかもらえなかった。

ネイルチップなら作った分もらえる。わたしは不良のパンをこね直しながら、半透明の手袋から透ける自分の四角い爪を眺めた。絵を描きに芸術学部に行くか、ネイルを習いに美容専門学校に行くか、迷った時期もあったが、結局は母の提案でわたしたちを診断した大学病院の看護学部に入学した。

　そのかわり、看護学の授業前と後に同期の友人たちに材料費の2500円だけでネイルを施した。わたしが爪に絵を描き、杏が加工して貼りつけた。が、次第にそれもしなくなった。病院実習が始まり、ネイルが禁止になったのだ。実習が始まる数日前に顧客である友人たちを集め、除光液で爪をスッピンに戻していく中で実習に対する不安が募っていた。

　厳しいと知らされていた大学病院での看護実習は拍子抜けするくらい穏やかだった。現場の看護師たちはわたしたちにはそれほど厳しくなかった。むしろ、問題なく受け答えができるとわかってから、同期の看護学生が傍らで詰問されるなか、

「歩くとき、どっちが足を動かしているの？」

「視界って一緒？」

「片方が寝てる時ってどんな感じ？」

「反対の手って動かせる？」

　といった個人的な話ばかりしてきた。

　堪《こた》えたのは患者からの反応だった。いろんな人間をみてきた看護師と違って、患者たちはわたしたちを見るなり「あっ」と息を吸いこんだり、顔面をこわばらせたりした。よほど鈍感でない限り、人はわたしたちに何らかの生理的な違和感を抱く。

縦幅と横幅が似た赤子のような胴体、歪んだ顔面、たちかわりに入れ替わる二つの声色、時に別々に動く左右の目。そんなわたしたちが一般的な病院で働くのは現実的ではなかった。看護師たちが優しかったのも今後一緒に働くことはないとわかっていたからかもしれない。

半年後、実習が一通り終わった日。病院から家への帰り道の途中、ひと気のない場所にさしかかった時、杏は歩みを止めた。

「いくんなら認知症病棟」

半年間で全ての病棟を回った末にとうとう見出した活路を、杏は高らかに宣言した。その瞬間、決意で下腹部がぐっと硬くなり、進路は決定した。

卒業後、大学病院の系列の老健施設を紹介されたが、一年も経たずに自分たちから離職した。認知症患者との間に軋轢《あつれき》はなかったが、出入りする患者の家族から障がい者に注射や採血など専門的な看護をさせるなとたびたび投書があったからだった。

成形し直せないほど不良品のパンが流れてきて、ラインの向こう側へ手で弾いてカゴの中に落とした。もうカゴには数十個の不良品がたまっている。一日の労働が終わろうとしていた。パンが流れてこなくなって、わたしはラインから一歩退いた。

終業のベルがけたたましく鳴った途端、杏が反射的に体をびくつかせた。そして、雷に打たれる確率は約１００万分の１。一つの卵子を共有する一卵性双生児が生まれるのは

３００の出生につき1組、つまり確率約０・３パーセント。結合双生児になると20万出生につき1組で、腰部や胸部の結合がほとんど。頭部結合となると確率が一段と低くなり、約２５０万分の1。頭部も胸部も腰部も結合した私たちはさらに低確率になる。確率の問題なのだから、母が妊娠中に雷に何回か打たれて、その衝撃で私たちが生まれたようなものだ。双子が病気ではないように、結合双生児も病気のようには思えない。生まれながら二人の距離がほんの少し近すぎただけだ。そもそも父と伯父の関係もそうだ。胎児内胎児だって50万出生に1組。人口が何十億人もいることを考えれば、たびたび結合双生児も胎児内胎児も生まれてくる。たいしたことではない。雷に打たれる人が世界中にいくらでもいるように、距離が近い人たちはこれからも……と、スイッチが入ったように、杏は昨晩の続きを脳内で語りはじめる。

わたしが聞き流しながら着替えていると、時に頭の中で稲光が瞬き、その眩《まばゆ》さに視界が一瞬危うくなる。ロッカーを出てタイムカードを押す。携帯には母の着信履歴が残っていた。工場の正門前から出発する駅行きのバス停を通り過ぎて、携帯を片手に歩道を進んでいった。

「工場長に話したら、明日休みもらえた」
「一緒の新幹線で行こう。お母さん、小田原から乗るけど」
「わたしらは新横からにする。何時のやつ？」

「出棺の時間が決まってないねんて。遺体燃やすのでどこもいっぱいって。時間わかったら言うわ」

「はいよ」

「もしもし、杏」

「わたし、瞬やけど」

「わかってるわかってる、そうじゃなくて、杏、聞いてる？」

「……うん、なに？」

「別に。一言も話さないから」

「今仕事帰り。疲れてるから」

杏がおざなりな返事を繰り返すと母はあきらめて電話を切った。そこから杏は首を傾げて、歴史的に人間に対する理解は、時に特殊な身体状況下にある人間から学ぶことで深まっていった。たとえば、脳梗塞や神経学的疾患によって歩行困難になった人からは、脳のどの場所が歩行を司っているか、あるいはその神経の伝導路の場所などが明らかになった。現在も脳神経科学はとどまることなく凄まじい発達をとげており、今まで宗教や哲学が扱ってきた深遠な内容に対しても科学的なアプローチが可能になりつつある。その足がかりを与えてくれる存在が結合双生児である。

歩けば少しは収まるだろうと思っていた杏の思考はかえって強度が増してくる。工場のバス停に引き返すよりも、次のバス停のほうが近く、駅経由の巡回バスが停まるから本数も多い。延々と巡り続ける杏の猛烈な思考に吸いこまれそうになりつつも、わたしは一歩一歩に力をこめて意識的に歩く。脚の筋肉を必要以上に収縮させ、目の前の歩道に焦点を合わせて歩く。自転車で来たこともすっかり忘れていたが、こんな状況では事故を起こすに決まっている。ただ歩くことにさえ集中しきれず、ふっと気を抜くと立ち止まってしまいそうだ。横断歩道の真ん中で止まってしまったり、赤信号を無視して突っ切ったりする可能性もある。なんとか次のバス停まで辿りつければ、そこからは安全に帰れる。

目の前の信号機に英字新聞がぶら下がっているように見えた。次第にそれは道路全体を覆っていく。低音の落ち着いた声はナレーターのものだ。……今回、結合双生児を研究する二人の人物を取材しました。脳神経学を専門とする彼らは二人の少女について研究し、次のように報告しています。タチアナ・クリスタ姉妹は頭部で連結した結合双生児です。この姉妹の頭部の結合具合は頭蓋骨よりも深く、髄膜よりも深く結びついていて、要は脳自体が深くくっついているそうです。二つの癒合《ゆごう》した頭蓋骨の中に二つの脳が傾いて視床の橋でくっついているんです。CTで撮影された、こちらの画像を見てください。脳が斜めに傾きあってくっついていますね、双子の卵のように溶けあって見えます。タチアナは左に首を傾げて、クリスタは右に首を傾げています。頭の下半分、つまり顔は独立しているんですって。お互い二つの目と一つの鼻、一つの口を持っていて、それより下は一つずつの自分の胴体を持っているんです。

うっかりバス停を通り過ぎて、あっと気づいてUターンする。タイミングよくバスが角を曲がってきて、スムーズに乗りこめた。少し混みあってはいるものの後部座席が空いている。腰を下ろしながらほっと息をついて、二人は対照的な人格を持っていて、タチアナは優しく穏やかで、クリスタは明るく気が強い、そうお聞きしましたが？　そうですね、二人は独立した人格を持っています。二人ともとてもチャーミングですよ。しかし、二人は思考を共有しているそうですね？　はい、二人は話さなくても相手の考えていることがわかるんです。頭から下の部分は離れ離れですから独立しているように見えるでしょう？しかし、実はそうではないんです。クリスタが自分の二つの目で見ているものをタチアナも見ています。トレーダーが二つのモニター画面を同時に見るように二人はそれぞれの視界を共有しているんです。嗅覚や味覚もまた共有していて、タチアナが口に含んで食べたものはタチアナの食道を通っていくだけですが、クリスタはその食べ物を味わい、自分の食道を通っているように感じる。感覚だけではなく運動についてもそうで、その気になれば、タチアナの左手をクリスタが動かすことだってできるんです。独立した意識と人格があるということは、それぞれに特有の認知特性や感受性があるはずですが、二人は心理や感覚のほとんどを共有しています。ただ、興味のあるものや好きな食べ物などははっきりと分かれていて、交わることはないんです。タチアナはケチャップが嫌いで、クリスタはマスタードが嫌いなんです。じゃあ、カナダ人のタチアナとクリスタはアイスホッケーのスタジアムでホットドッグを食べる時、ケチャップとマスタード、一体どちらをつけるのだろうか。ふと、そんな素朴な疑問が湧いたところで、マンションになんとか帰ってこられた。

自宅のソファにうなだれると強迫的な思考がますます一方的に流れてくる。温泉のように湧いてとまらない。テーブルには未完成のままのネイルチップが置かれている。カップ焼きそばを取りだして、鍋にお水を入れて火にかけたところで、

「もう、いい加減にして。ね？」

声に出して頼むと杏は黙って頷き、この二人の結合双生児がどのように感覚や思考、行動を共有しているのか、神経学的な見地から説明できることがあります。こちらをご覧ください、二人の脳の図解になります。視床は身体から脳へ感覚情報を中継する役割があり、また大脳皮質にこのような神経回路で接続しています。そう、その赤い部分ですね。高度な認知と思考を扱う大脳皮質から視床に戻る神経回路ももちろんあり、このループ状のものです。気がつけばお湯はぼこぼこと沸騰していて、カップ焼きそばに注ぐ。つまりは、視床がくっついて連絡されているこの双子たちは、神経学的にこうやって感覚だけでなく思考さえも共有しているんです。ただし、共有することもあれば奪い合うこともあるのかもしれません。これは二人の血流の分布図です。頭部で血管が繋がっているので、ここで

血の奪い合いが起こります。幼少期などは血液の奪い合いにおいて、クリスタに分があったので、クリスタのほうが成長し、タチアナは痩せ気味でした。それと同じように思考や感情にも奪い合い、いや、主体性ですかね、それの偏りや揺らぎもあるのではと考えています。ここからは博士に説明を譲ります。はい、ではここからは私が、さらに一歩踏みこんだ内容をお話しします。科学的な実験の結果と私の類推になります。類推が混じるのは……、もう少しすれば客観的に証明できると思いますが、クリスタもタチアナもまだ子供ですから、認知に対する検証を行うには幼過ぎる。なので、あくまでも私の一意見としてきいてください。視床の橋によって連絡された思考はその情報がどこからのものか電気信号上の見分けがつかない。思考の起こりの瞬間だけしか主体性がわからないから、それ以降の主体性、要はそれをタチアナかクリスタどちらが考えていることなのか違いがなくなる。どちらかが考えだしたことは、しばらくすると二人が考えていることになる。それは感覚や感情についても同様で、一時的な主体性はあってもすぐにどちらのものでもなくなると類推しています。二人が幼いのもあるかもしれませんが、どんな質問をしても、こんがらがった答えばかりが二人から返ってくる。どこまでがタチアナの考えでどこまでがクリスタの考えなのか、区別できないことが多いんです。これは一体どういうことなんだろう。みなさんは常に思考や感情が共有されるとはどういった感じなんだと思います？　自分が考えていることなのか相手が考えていることなのか区別がつかない、そんな状態は説明されても自分の体しか持たない我々には想像しがたいですよね。さらに言うなら、ここでもっと大きな疑問があるんです。生まれてからずっと思考や感情が共有され続けるなかで、どうして独立した意識と人格が保っていられるんでしょうか。それとも意識は思考や感情とはまったく別のものなんでしょうか。それなら、意識は一体、自分のどこにあるんでしょう?

昔読んだ哲学書だったり科学書だったり、テレビ番組による結合双生児の特集、それに杏がこの体でもって築きあげた自分ながらの概念、それらが渾然一体となってひっきりなしに続く。タチアナとクリスタの歩く様子や、二人のＭＲＩ画像など断片的な映像が流れこんできて、それに博士やナレーターの声、そして、杏の声がかわるがわる聞こえてくる。耳を傾けていると、カップ焼きそばの前で二十分以上立ち尽くしていて、シンクに急いで湯切りしたが、焼きそばはふやけきっている。だぶついた麵を啜りながら、わたしも考えこんでしまう。高校の一時期、杏は暇さえあれば図書館へと出かけて、科学書や哲学書、宗教書を借りられるだけ借りては一心不乱に読みつづけた期間があって、そのせいで、わたしもすっかり詳しくなってしまった。自分が興味のないものを読んで考えなければならないことは苦行でしかなかったが、まさか今になってふたたび、そういったテレビや書物から得た知識だったり、杏独自の哲学をひたすら開陳され続けることになるとは思ってもみなかった。ここからは持論になるが、医者や科学者たちの多くは意識と知性、または意識と思考を同一視している。宗教書か哲学書だったか、かつて読んだ書物に書かれていた言葉を借りるなら、意識はすべての臓器から独立している。もちろん、脳からも。つまり、意識は思考や感情や本能から独立している。生きていくに従って、だいたいの人は意識が知性や感情や本能などに癒着していくのだろうが、それでも元から独立している。タチアナ・クリスタ姉妹同様、生まれつき脳を、というよりあの姉妹以上に繋がって生まれ、すべての臓器をシェアしている立場から言えば、意識がすべての臓器から独立しているのは言うまでもない。脳を共有して考えようが、胸の高鳴りを同時に感じようが、空っぽの胃に片方が食べ物を放りこんで食欲を満たしてくれようが、二人の意識は混じらない。個別に同時に体験しているだけだ。意識はすべての臓器から独立している、と初めて読んだ時も驚くことはなく、この世の中に自分たちをわかってくれる人がいたと喜んだのを覚えている。しかし、一つの意識で一つの体を独占している人たちにはそれがわからない。思考は自分で、気持ちも自分、体もその感覚も自分そのものであると勘違いしている。自分の気持ちが一番大切、なんていう言葉を聞くたびにニヤニヤと含み笑いをしてしまう。単生児は自分だけで一つの体、骨、内臓を保有していて思考や気持ちを独占する代わりに、その独占性に意識が制限されている。いや、意識を制限しているのは、この思考や気持ちは自分のものだという傲慢さによるものだ。自分の体は他人のものでは決してないが、同じくらい自分のものでもない。思考も記憶も感情もそうだ。そんな当然のことが、単生児たちには自分の身体でもって体験できないから、わからない。単生児だけでなく、生まれると同時に離れる非結合双生児もそうだろう。とにかく、自分だけのものとして使いこむことによって、彼らの意識は脳だったり、心臓だったり、一つの臓器とむすびついてしまうようだ。デカルトの「我思う、ゆえに我あり」な人たち、つまりは脳が、思考が、自らの意識を作り出していると考える医者や科学者たちがどれだけ結合双生児の研究を進めようとも、たどりつく結論は一つで、主観性を省いて客観性のみで証明する科学論文で双生児たち二人の思考が主観と客観を越えて統合されていると証明することになる。そして、自ら論文で証明しておきながら皮肉なことに、誰とも繋がっていない彼らは自分と相手、その主客の統合がなされる感覚を自分では実感できず、ただ自らの主客の分裂に打ちひしがれる。自分も結合双生児として繋がって生まれていれば心底から理解できただろうに、と嘆くことになる……

〈単生児〉という杏の言葉遣いに、わたしは背筋がぞっとする。この子は自分が結合双生児であることにどこか優越感を抱いているのだろうか。今ではナレーターや博士たちの声は聞こえてこず、杏がひたすら語っている。その傲慢な語り口に不安が募って胸元に手をやると、その感触に現実へと引き戻された。カップ麵に目をやると、すでにすべて平らげられていて、時計を見ると数時間経っている。

杏が語るように、体のどこかで誰かと繋がって何かを共有することができるなら、そこに自分を見出すこともない。もし科学者たちが結合双生児のように相手と全て一体となってみたい、その感覚でもって研究をより深く推し進めたいと願うのだとすれば、近いうち、自分の体を他人に繋ぎはじめる者が出てくるのではないか。頭だけでなく、胸や腹を繋ぐ、そんな手術が流行したりして。そんな妄想が勝手に込みあげてくる。体も心も疲れ切っているのに、杏に引っ張られているせいで頭だけが異常に動いている。頭がどうにかなっている、と両手でこめかみを押さえこんだ。こめかみが張りつめていて、脳が猛スピードで自動回転しているのがわかる。医者たちがどれだけ脳を研究しても意識は見つからないだろう。意識は脳にない。意識の反映が脳に活動となって顕われるだけだ。意識はどこからも独立している。タチアナとクリスタの意識は脳からも互いからも完全に独立している。思考や感覚が混じっても、意識が混じることはない。人間存在は内臓や心身のすべてを超越している！

　杏の語りはもはや宗教じみている。昔、手にとった本のなかに、こういった怪しげな宗教書が混じっていたせいかもしれない。過去に読んだ科学論文や哲学書、宗教書がごちゃまぜになって、杏の中で独自の教義が生まれているようだった。

　伯父の死で杏は本当に気がおかしくなってしまったのか。昔から考えこんだりするタイプだったが、ここまで強迫的な思考はなかった。伯父の死が杏に思った以上に深刻な影響を与えているのは間違いなかった。伯父とは今まで頻繁に会ったこともなく、話しこんだともないが、杏は衝撃を受けている。考えこむところや神経質なところは似ているが、過去に杏と伯父の間に特別な思い出も繋がりもなかったというのに。

　携帯には母からメールが来ていた。お昼前に出棺が決まったそうで、早朝の新幹線で落ち合うことになった。

「明日早いからもう寝よう。今晩も飲むよ」

　杏はまったくの無反応で、続くのは脳内の独り言ばかり。このままではこちらもおかしくなってしまいそうだ。睡眠導入剤を手に取っても、杏は返事もしないが抵抗もしないので白湯で流しこんだ。昨晩は睡眠導入剤でぐっすり眠って忘れたようでも、今日の夕方に爆発しはじめた。根本的な解決法ではないのは分かっているが、かといってこのまま知識と思考の無意識的な氾濫に身を委ねたところで、明日は早朝から遠出するから寝ないわけにもいかない。とりあえず杏を寝かしつけて、お風呂は明日の早朝に入ろう、と照明を落としてベッドにもぐりこんだ。

　体温で布団が温まってくるころには、体の力が抜けてきて目がとろんとしてくる。興奮状態は落ち着いたものの杏はまだ脳内で、結合双生児とは、人間とは、とぼそぼそ呟いていて、まだ眠れそうにない。昨晩、杏はすぐ眠りに落ちて、わたしも五分のタイムラグもなく追うように寝てしまったが、今夜は時間がかかりそうだった。

　考えてみれば杏と脳を共有しているのだから、クリスタ・タチアナ姉妹のことを考えて反芻しているのは自分でもある。杏の言葉を借りるなら、彼女が自らの意志によって行動した物理的な体験が、わたしにとっても主体的で意識的な体験となる。この言葉が正しいなら、クリスタ・タチアナ姉妹について意識的に加担して追想すれば、より早く思考の爆発から解放されるかもしれない。彼女らだけでなく、世界に散在する結合双生児たち、その存在を思い出そうとすると、北海道へ向けて書かれた一通の封筒が見える。北海道の文通相手に向けて書かれた手紙。相手はたしか学校が用意した同い歳の小学生だった。

〝はじめまして、濱岸杏です
はじめまして、濱岸瞬です

北海道はさむいですか？　もう雪はふってますか？
北海道の人はみんなスキーができるのは本当ですか？〟

二人で一行ごとに書いた手紙は筆圧の違いでちぐはぐな感じにできあがる。しかし、幸いにも相手は気にすることなく数週間後には返信がきた。ちょうど、自分たちの奇妙な体が気になりだした時だったのもあって、おかしな見た目がばれない文通はすぐにわたしたちの大きな楽しみになった。

文通は三往復くらいしたところで思わぬ変化が起きた。封筒の宛名に濱岸瞬様としか書かれていなかったのだ。中の文面にも瞬ちゃんという名前しか出てこなかった。拗《す》ねて鉛筆を持たなくなった杏に申し開きするかのようにわたしは次のように書いた。

〝こんにちは。○×君は元気ですか？　瞬と杏は元気です。ふりはじめた雪はどれくらい積もりましたか？　この前、テレビで札幌が映っていて、道路が真っ白でびっくりしました。時計台に行ったことはありますか？
授業にスキーがあるのはうらやましいです。こっちは冬になっても雪はほとんどふらないし、ふっても積もりません。だから、生まれてからいちどもスキーをやったことがないです。
この前に少し話した、瞬と杏は双子の姉妹だということを覚えてますか？　双子は双子でも、実は今も体がくっついた双子です。だから、手紙は瞬と杏の両方にむけて書いてくれればうれしいです〟

この文章は今まで一行ずつ交互に書いたものと雰囲気が違った。わたし一人で書いたものに違いないのに、二人のどちらでもないように、もしくは二人の意識が合体して生まれた一人の人間によって書かれたもののように感じた。わたしはこの書き方がなぜか気に入った。
それが功を奏したのか、次の封筒にはしっかり両方の名前が書かれていた。そして、中の手紙は二人がどう繋がっているのか、体はいったいどうなっているのかという質問でいっぱいだった。わたしは手紙に馬鹿正直に思いつけるだけの特徴を書き並べた。杏も書きはしなかったが一緒になって考えた。

〝体だけじゃなくて、頭も顔もくっついてます。くっつく位置も場所によって少しずれたりしています。右かたはアゴがじゃまでうでを上まであげれませんが、左うでは脱きゅうしたくらい自由に曲がります。かみを洗う時とかべんりで、背中とかは左うでだけで洗ってます。

お互い自分だけで全身を動かせますが、うでは瞬は右ききで、杏は左ききです。でも、足は二人とも右あしのほうがふんばりがききます。左と比べて右のわきばらはせまいですが、さわられてくすぐったいのは右のほうです。母や先生は、瞬は右半身きさで、杏は左半身ききとか言ったりしますが、わたしたちにとって体はどこまでも一つで、さかい目も感じないし、右も左もちがいはないです。でも、けんかした時は、杏は左半身に、わたしは右半身にたてこもります。ただしばらくすると、どちらがどちらにおこっているのかわからなくなって、けんかは長くつづかないです。

体の中もこんがらがっていてるそうで、血管はぐねぐねと行き来していて、のうみそも一つ多くて、内ぞうなんかはおなじものが二個あったり、一つだけでもきょ大だったり、よくわからないくらいに一緒くたになっていて、からまったり、くっついたりしているそうですが、先生が言うには動くことはきちんと動いていて問題はまったくないそうです。それは本当で、今まで大きな病気になったことは一度もないです〟

少し間があいてから返ってきた手紙にはわたしたちの絵が描かれていて、その下には大きなクエスチョンマークがあった。絵は実際のわたしたちと全く違っていて、不出来な人形みたいだった。これは瞬だ、いや、これは杏だと、二人してベッドの上で腹を抱えて笑いあった。それから絵の得意なわたしが自分たちの自画像を描いて手紙に添えて送ると、そこから手紙は返ってこず、初めての文通はそこで終わった。

わたしたちなりの楽しみ方を発見してからというもの、次の文通相手からはタイミングを見計らって情報を与えていった。すると文通相手は必ずわたしたちの絵を描いてきて、そして、それはことごとく外れていた。

体の部分部分は情報に基づいて忠実に描かれてはいるものの、結局出来上がった全体は福笑いみたいにてんで違う。特に不思議でしょうがなかったのは、頭も一つしかないと教えているのに全員が全員、分かれた頭を描いてくることだった。

その中の一枚には帰国子女が書いたものがあって、一体の体と分かれた二つの頭部が描かれていた。そして、その上にアビー&ブリタニー？　と書いてあった。彼女らは彼が住んでいたアメリカで有名な結合双生児らしかった。

後に杏が壁にポスターを貼るほど憧れた彼女らをわたしたちはその時はじめて知った。それをきっかけに世界に散らばった多くの先輩たちを発見した。腰がくっついたベトちゃんドクちゃん、腹がくっついたチャン&エン兄弟もこの時に知った。

それからしばらくして、もっとも惜しい絵に出会う。優しい文字をした文通相手が描いた絵はやはり慈愛に満ちたものだった。胴体は一つだけど左右の体はちぐはぐ。首は一本で顎と口も一つ、鼻先も一つと限りなく正解の私たちに近かったが、そこから上が間違っていた。鼻筋がVの字になって二つに分かれていて、そこから頭が二つに分かれている。顔の輪郭はちょうどハートみたいな形をしていた。

そのフォルムにがっちり心を摑まれた。輪郭だけではなく、彼女らの表情もまた幸せに満たされていた。ハートのフォルムに負けないほどうっとりとしていて、それを眺めているとこちらまで心がとろけていった。

学校でこの体にまつわる悪口を言われて落ちこんだ時には、学習机の抽斗《ひきだし》からその絵を取りだした。ハートの形をした双子のうっとりとした表情を眺めていると、必ず胸に渦巻いていたものがすっと消えて、くっついていていても幸せになれると励まされた。

そんな楽しい文通生活は三年ほど続いたが、七人目で最後になった。きっかけはまたしても名前だった。何回か送りあううちに徐々に文面からわたしの名前が少なくなっていって、ある時とうとう手紙の宛名から「瞬」の文字が消えた。

　すると、杏はその手紙を開けずに机の抽斗にしまいこんでしまった。わたしがどれだけ頼んでも、杏は絶対に中身を見せてくれなかった。

　そして、いつもわたしの方が早く寝るのを利用して、杏は夜な夜な手紙を読んでは返事を書いた。結果、内容の知らない手紙がポストに投函されるのをわたしは二年近く眺めることになった。

　今でも赤いポストを見かけると、わたしが寝静まった夜に、杏がのっそりと起きて学習机に向かい、筆圧の強い文字で「私は」「私は」と書き連ねて手紙を返信している様子がどうやっても浮かんできてしまう。もちろん、そこにわたしの事は一言も書かれておらず、杏は自分以外の誰も、この体にいないかのように振舞っている。ときどき「双子の瞬ちゃんは元気？」と相手に訊かれても、「あぁ、あの子はあの子で元気でやってるみたい」といった風に、まるでよく知らないふりをして。

　それがわたしの想像なのか、杏が実際にそう書いた記憶なのかは区別がつかない。ただ、わたしたちはクリスタとタチアナみたいに脳を共有しているのだから、それは杏が夜中にこっそりと手紙を書いた記憶そのものに間違いない。

つまり、その記憶はわたしの想像もこんがらがったもので、しかし、杏にとってはそれが実際の記憶として思い出される。そんなことを想うと、わたしはもう密かにやり返していることに気がつく。すると、あぁ、あの子だけはどうやったって、わたしをのけ者にできないのだな、と杏に対して愛おしさのようなものが湧いてくるのだった。

突然、携帯のアラームが鳴りひびいた、その薄暗い部屋は杏が手紙を書いた実家の二階ではなく、藤沢のワンルームマンション。瞼が開いたのだから、わたしは今まで寝ていた。携帯を手に取ってアラームを止める。杏の爆発的な思考は鳴りをひそめていた。静かな体内に自分の思考だけが流れる。文通の思い出はひさしく忘れていたもので、懐かしかった。胸を出入りする温かい呼吸、寝汗で少しあせばんだ背中、寝起きの体の重み。そんなものを感じていると文通の思い出すら、昔どこかで杏と読んだ本の内容に感じられてくる。すべてがからみついて見分けがつかない。

実家に置いてきたあのハートの双子の絵がひさしぶりに見たくなった。わたしが羽毛布団を胸に抱き寄せても、杏はまだ深く眠っていて夢さえみていない。

携帯の画面に「新横浜　6時50分　のぞみ」と表示を見て、今日は伯父の葬式だと思い出す。冷水をかけられたようにはっきりと覚醒した。

3

新幹線が岡山駅に着くと、いとこの彩花がロータリーで待っていた。父親の死を悲しむというよりはとうに受け入れているようなまろやかな表情だった。直近の数か月で腎臓がかなり悪くなっていたという、伯父は父から片方の腎臓を移植してもらう時期を相談していたこと、そういった矢先の、突然の不整脈による急死だったことなど、しばらく立ち話をしてから車に乗りこんだ。白いプロボックスの運転席には彩花の夫である克樹《かつき》が座っていた。

「子供が生まれるからね」

ロータリーの出口の信号で車が止まると、克樹は車を買い替えた理由を話しだした。彩花の妊娠を知って、車内の話題は生まれてくる子供の話に切り替わる。安定期に入ったことや、名前をどうするかなど、私が眠剤の影響で口元がおぼつかないなか、瞬は楽しく話している。

「最近は忙しい？」

末広の二重がバックミラーの中心に映った。克樹は二人に話しかけているつもりなのだろうが、私も瞬も、瞬に話しかけているように感じる。

「うーん、時間自体はそこまでじゃないけど。遅番とか早番とかでリズムが狂うんだよね」

ときどきどちらかに話しかけてくる人がいて、無意識的になのだろうが、どちらに話しかけているかすぐにわかる。父などはいつも二人まとめて話しかけてくる。区別して話しかけたことなど最近あっただろうか。

「お父さんは後から？」

「昨日から名古屋で営業あるみたいで。午前で仕事切り上げて、そのまま、車でこっちに来るって」

「そっかぁ」

数年前の結婚式で一度話しただけだが、どうやら克樹は父を気に入っている。〈濱岸勝彦　儀　葬儀式場〉の看板がある交差点を右に折れて、しばらくして葬儀場ホールへと着いた。ホール併設の駐車場はいっぱいだった。

葬儀会社の社員が車に寄ってきて、克樹が運転席の窓を下げると、

「三十分ほど前から学生さんがいっぱい来ちゃって。お父さん、学校の先生とうかがってましたけど、教授先生だったんですね？」

「そうなんです、市内の大学の」

彩花が助手席から答える。

「まっすぐ行ったら、左手に第二駐車場があるんで」

社員は狭い脇道の奥を指さした。克樹は左右を見ながら、自転車が行きかう小路に車を進めていった。砂利の第二駐車場へと入ると、

「講義終わって、みんな来たんだろう」

克樹は窓を上げながら前向きに車を停めた。

葬儀場に入ると、待合には若い学生がたくさん集まっていた。縫うように進んでホールに入ると、前のほうで親戚たちが棺に寄り合っている。車いすに乗った祖父とそれを棺へと寄せる祖母らが見える。美和さんがこちらに気がついて、気丈な足つきで歩いてきた。

「遠くからありがとう。よかったら、顔見てあげてください」

母は一呼吸おいてから、

「急なことで驚いてます。でも、安らかに逝きはったって聞いて。お父さんとよかったんかなぁって昨日も話してたところで」

と弔いの言葉を返す。私も瞬も黙ったまま美和さんの後ろをついていった。用意しておいた言葉が漏れるまでに棺にたどり着く。棺の中の勝彦さんは蒼白で今までと何ら変わりなかった。会うときはきまって病院にお見舞いに行った時だったから、顔色の悪い伯父しか知らない。

私たちが生まれたときには父は転勤で神奈川県に引っ越していて、伯父は岡山の大学で

教職をはじめていたから、伯父には人生で十回も会っていない。特段可愛がってもらったわけでもなく、思い出すような出来事も伯父との間にはなかったせいか、浮かんでくるのは二日前に思い出した、伯父が父を孕んでいたという逸話ばかりだ。

七条袈裟を着た僧侶が入ってきて、私たちはホールの中ほどの椅子へと引っこんだ。般若心経の読経が響きはじめると、母が横でうつらうつらと顔を落としだす。眠気につられそうになったところで、美和さんが中腰になって近づいてきた。

「お父さんって、いまどのあたり」

私は携帯のメールを開いて、

「一時間前に神戸の渋滞抜けたって言ってたんで、もう少しだと思うんですけど」

すると、横から母が身を寄せてきて、

「すいません、気にせず進めてくださいな」

居心地の悪そうに顔を下げる。

「今どこか、電話できいてみます」

腰を屈めてホールの後ろから出ると待合には誰もおらず、外で煙草を吸う学生たちが窓から見えた。

「今、どこ？　もう始まってるけど」

「渋滞はもう抜けたんやけど、ここは土地勘がないからなぁ」

「ナビ見たらわかるでしょ。いつ着くって」

「あと一時間ってあるけど、おなかがすいたから今コンビニでごはん買って休憩してるからなぁ、もう少しかかるんちゃうか」

呆れて黙ってしまいそうになった瞬間、

「出棺したら、いくらでも食べる時間あるから」

瞬が低い声で話して、私はびっくりしてはっと息を吸いこみそうになった。しかし、瞬の強い吐息が勝って息は上がらない。

私は息を吸うのが上手くて、瞬は息を吐くのが上手い。小学生の頃、私たちは季節の変わり目に喘息に煩わされた。喘息特有の、喉に息がつっかえてうまく吐きだせないのが辛くて、喘息の間はいつも瞬が息を吐いてくれた。瞬が口をすぼめてゆっくりと吐く時、右頬の脂肪の厚さが感じられたものだった。

電話口で瞬はいろいろと父にまくしたてて、

「今から休憩なしでおいでよ」

最後に強く念押しして電話を切った。

美和さんはその後も二度三度足を運んで父の具合を訊きにきたが、結局、父を待ちきれず、勝彦さんは斎場から火葬場へと出棺された。

火葬場は切り崩した山の中腹にあって、待合ホールから瀬戸内海が見えた。人工的に削岩された山の隙間に海は正方形に切り取られている。そこを走る道路のアスファルトの紫と海の紺碧が混じって見える。私はその境界を探そうと見つめていた。火葬場以外に行きつく場所がないのか、道路には車一台も通ってこない。もやもやと空気が揺れていて、道路と海の境界は波のように道路側へと押したり、海側へ引いたりして見えた。しばらくすると、その境界に父の白い営業車が割りこんできた。

「濱岸家のご家族さま、お待たせいたしました。準備が整いましたので、告別室にお集まりください」

呼び出しの放送が聞こえて、ぞろぞろと親族が廊下を進んでいく。突きあたりの階段を下っていくと、地階の床は大理石造りで一層冷えていた。告別室の焼香台の向こうには台車に乗った棺があった。十数人は焼香台の前をあっという間に流れていって順番が来る。指で焼香を摘まんでパラパラと捨てること二回、手を合わせて長めに祈ろうと思っても堪えられず、すぐに台から離れた。案内係が告別室の横のドアを開けて、炉前ホールへと台車を押していく。並列して並ぶ炉室を通り過ぎて、奥から三番目で台車が止まった時だった。後ろから聞き覚えのある足音がして振り返った。

「あぁ、わっちゃん来たわ。早く早く」

祖母の津和子が声をあげる。焼かれる寸前で伯父に追いついた父はさすがに喪服だった。

「わっちゃん、えらい白髪」

祖母の驚く声に首をななめに俯かせていた祖父も車いすから父を見上げて、ほんまやなと相槌を打つ。父が片手をあげて通り過ぎると、

「ここ数年でいっきに増えたんです」

母がかわりに返す。

「かっちゃんは昔っから、肝臓と右の腎臓が悪くて」

祖母は懐かしそうな目をして語りだす。

「でも。あの子。全然、つらそうにみえへんかったんよ。たいへんやったはずやのに。なんでやろねぇ」

その言葉に瞬が銀色のししゃもを思い浮かべる。父が棺ののぞき窓から伯父に語りかける風景は相槌がないだけで、病室でのものと変わらない。

「すいません、炉前ホールでは差し控えください」

祖母が棺の蓋をずらそうとして、しかし、もう出棺の時にきつく固定されて、蓋は一切持ちあがらない。

「双子の弟ですから。対面してもよろしいでしょう？」

「全炉一斉点火なので、お時間ございません」

祖母は係の男性に、生まれた時にこの体の中に居た子なのだと棺を指しながら説明をはじめる。その向かい側では小窓越しに、

「阪神高速3号線なぁ、あれ、元町あたりはいつも渋滞酷いな」

父は遺体になった勝彦さんに哀感なく愚痴をこぼしている。棺の中で頷いて相槌を返す伯父が想像されて、小窓をのぞこうと棺に近づいた。すると、炉室が並ぶ壁面からほのかに熱気が感じられる。この壁の向こう側でこれから、すべて焼き尽くす炎が燃え盛るのだと生唾を飲んだ。

結局、棺は開けられることなく、係の男性は炉室を開けて台車を搬入していった。

「お時間一時間半ほどかかりますので、一番の待合個室でお待ちください」

待合室の鍵を受け取った美和さんの後ろを黙ってついていく。階段を上がるころには喋っていた父も無言になっていた。

濱岸家の家族待合室は階段のすぐ横の部屋だった。美和さんは数台の石油ストーブをつけて回り、備え付けのポットでお茶を淹れる。私たちも鞄を置いて母と、伯父を語る親戚らに配っていった。

場が落ち着きはじめて、美和さんと母が座りはじめた頃に、私はそっと待合室を抜ける。廊下の奥にある、さきほどの待合ホールへと向かった。ホールには黒い革張りのソファが点々と置いてあって、陽射しの届かない壁際のソファに腰を落とした。

新幹線で仮眠が取れなかったから、今になって眠たくなっている。伯父の訃報があってから二日連続で睡眠導入剤を飲んだのもある。瞬は初日一錠を飲んだが、昨夜などは倍の二錠飲んだ。しかし、どこかが深く眠った分、どこかがより覚醒したように冴えわたってしまった。今もそのくっきりとしたコントラストが残っていて、それが私に眠気を死のように感じさせる。それは覚えのある感覚だ。

中学と高校の一時期、瞬がひたすら眠り続けたことがあった。あの時、私はどこかが死んでいるように感じた。瞬は普段から長く寝るほうで、入眠差で一人起きていることはよくあることだった。それはだいたい十分とか二十分の間で、疲れている時でも長くて一時間くらいだった。しかし、その時期は私が起きても瞬は数時間眠り続けて、起きても六時間くらいでまたすぐに寝てしまった。酷い時には日中もこんこんと眠り続けて一日起きなかった時もあった。眠りも深かった。浅い眠りの時などはどんな夢を見ているかある程度わかるが、あの時は何も流れてこず、夢すら見ていなかった。そんな時、体のどこかに死の感覚があって、それに引っ張られるように死んだらどうなるかばかりを考えていた。誰にでもそういった時期はあるにしても、それがこじれてしまったのは、この体のせいか、瞬のせいか。もしくは同級生の水田《みずた》のせいだ。

高校一年生の校外実習で平塚の各所を巡った。もうすぐ秋だというのに、市内の山手は蟬の鳴き声でうるさかった。美術館や仏閣をいくつか巡った後、世界の民俗が展示された博物館を訪れた。

「角笛、吹こうぜ」

高校に入学してわずか半年で仲間外れをくらって、女子の班に一人混じる水田が率先して進んでいく。泉《いずみ》と花織《かおり》と四人で話しながらついていった先には角笛があった。持ち手には古びた刺繍の布が巻かれている。祭りなどで使われていた角笛がいくつか並ぶ展示スペースの横で、それと同じ形をした模造の角笛を吹ける体験コーナーがあり、違う班が試していた。

誰も音が鳴らないなか、順番が回ってきて華奢な水田が係員に促される。水田は大きく息を吸って角笛に吹きかけるが、必死な吐息だけが漏れる。水田の真っ赤な顔に、泉が我慢できずに笑いだした。

「じゃあ、おまえら、やってみろよ」

水田はいきり立って腕を組む。係員は角笛の吹き口を消毒するも、泉はあきらかに嫌な顔をする。それを察した係員が持ちだしたのは一回り大きな角笛だった。

大きな角笛は吹けども微かにも鳴らなかった。係員は「戦争に使われたくらい、大きなものだからね」と微笑み、水田は泉や花織の失敗を気分よさげに揶揄する。最後に順番が来たが、本気で吹く気にもなれず適当に流そうとした時、下腹部が強く締まった。エンジンが揺れるみたいに、どどどという振動が角笛を持つ手を震わせて、ボオーーーン。太い低音が汽笛のように施設に響き渡っていく。

「瞬、すごーい」

泉と花織は顔を見合わせ、係員も感心しながら音のない上品な拍手をする。

「どうせ、二人がかりだろ」

水田は悔しそうに吐き捨てて、両手をあげて集合をかける担任の元へ歩いていった。

全生徒が集められたホールは階段状に席が並んでいた。真ん中あたりに陣取ると、優しそうな白髪の館長が現れる。スライドショーで施設の説明を始めてしばらくした時だった。

館長は拡大された大きなシンボルをレーザーポインターで指し、

「そして、これが先ほどの展示物に記されていた模様ですね。これは陰陽図といいまして、白と黒で構成されています」

そのシンボルは白と黒の勾玉が追いかけっこしたような配置になっている。

「陰陽魚という別名もあって、たしかに二匹の魚のようにも見えますよね」

そう言われて陰陽図を見つめてみると、魚というよりはオオサンショウウオに見えてくる。黒いオオサンショウウオが一匹、白いオオサンショウウオが一匹。

「白の頭部の中心には黒い点が、黒の頭部の中心には白の点があるでしょう。陽中陰、陰中陽とそれぞれ呼ばれていて、陽極まれば陰となり、陰極まれば陽となる、を表していて、対極はその果てで反転して循環するという意味であります。また白と黒がこのように、お互いの陣地に攻めいりつつ一つの円を成しているのは相補相克を表現しております。相補相克とは、補いあい、かつ、競いあう、という意味ですね。この図のように、対極が対等に循環している二つを統合して『一』を表現しようという試みは、はじめからうまくいったわけではないようでして……」

スライドが切り替わり、白と黒がさまざまな具合に配置されたシンボルが映る。白いものが黒いものを受ける形だったり、白と黒がただ真ん中でわかれたものなど、どれもが少し不格好に見える。

「たとえば、これなどは白と黒が対立しているだけですよね。まったく補い合っていない。こっちはどうでしょう。えらく一方的ですよね。白が中心をとっちゃってる。黒は周りをとっているけど、不均一で、対等ではなくなっていますよね。これなんかはどうですか、惜しいですね。だいぶ完成に近い。相補相克ではありますが、自分の中に相手の色がないので、陰極まって陽となる、陽極まって陰となる、とはなっていないので循環は表現できてない。さて、ちょっと難しい話にはなりましたが、みなさん。こう並べてみるとどうでしょう。最初にお見せしたものが完成されていることがわかりますよね。こういった概念は古来から世界中であって、たとえば南米でも」

館長は声のトーンを落として、

「次のスライドおねがいします」

と隣の大学生に目配せする。

次のスライドには、おどろおどろしい絵が映された。目を剝いた大男が二人向き合っていて、相手の心臓を直《じか》に摑みあっている。

「これは古代のメキシコのものです。この絵は、相手の心臓をお互いが揉んで動かしている、というものになります。自分がいきおいよく相手の心臓を握れば、相手の全身に血液が巡って元気になる。そして、相手が元気になれば、相手も自分の心臓をたくさん揉み返してきて、自分もまた元気になる、というわけです。逆に相手の心臓を揉んでやらないと自分も死んでしまいます。そして、よく見てください、剝かれた目玉のなかに相手の姿が映っているでしょう？　これが陰中陽や陽中陰を表していると言われています。ただ壁画に描かれたものなので、どちらもこげ茶一色なのがたいへん残念ですね」

すると、前で座っていた水田が振り返って、椅子の上から顔を近づけてくる。

「じゃあさ、おまえらも片っぽ死んだら両方死ぬん？」

心臓を揉みあう男たちを指さしてささやいた。

「わたしら、心臓ひとつしかないし」

瞬はふっと鼻息で小馬鹿にして返すと、水田はバツが悪そうな顔をして体ごとひっこめた。

その日も家に帰るなり瞬は寝はじめた。私がご飯を食べてお風呂に入っている間も瞬はこんこんと眠っていた。一人で宿題を済ませてベッドに入った時だった。あのグロテスクな心臓を揉みあう男性たちが思い出された。

一人が活動的に相手の心臓を揉めば、揉まれたほうも活発になって心臓を揉み返す。逆も然り。その説明が頭の中で巡っては、私と瞬は白と黒のサンショウウオになった。互いの尻尾を食べようと、追いかける二匹のサンショウウオ。

火葬場の待合ホールでは子供たちが玩具《おもちゃ》を持って走り回っている。平坦な大理石の床をおもちゃの車はスムーズに走る。屈託のないはしゃぎ声が妙にさみしく聞こえた。

どうして、こんな昔のことばかりが今になって思い出されるのか。

「昨日とか、一昨日よりもましにはなってる。もっと、わけわからんかったから」

瞬に責められつつ慰められて、私は大いに同意した。伯父の死以来、わけもわからず何かを思い出してしまう。

「なんでやろう」

「わたしらもそろそろ死ぬんかな」

瞬が言うと、ほんとの事のように感じられてくる。

「やめてよ。伯父さん死んだばっかりやのに」

私は待合ホールの大きな時計を見上げたが、伯父が焼きあがるまでにまだ時間があった。瞬の不気味な予言は寒さのように染みいってきて、かつての恐怖と似ている。

水田の〈片っぽ死んだら〉という問いかけには現実味がなかったのだろう。すぐにそんなことは考えなくなった。ただ、あの日を境に、頭に棲みついた白黒サンショウウオは恐ろしかった。

私はあの館長の解説の続きを覚えている。一つの極が増大し成熟すると、やがてその中心に対極が生まれる。

私の中に瞬が生まれて、瞬の中に私が生まれる、それがどういうことなのか考えるたびに頭の中でサンショウウオが育っていった。私が黒サンショウウオで瞬が白サンショウウオ。くるくる回れば一つになる、二人で一つの陰陽魚。

結果的にいきついたのは、二人とも私なのではないかという考えだった。実は自分は結合双生児なのではなく、ドラマでありがちな二重人格なのではと思いついた。瞬など存在せず、彼女は自分から派生した人格の一部ではないか。そんな考えはすぐさま反転した。私が瞬の人格の一部で、私など実は存在しないのではないかとひっくり返って、そこからは元に戻らなくなった。

しかし、そもそも交代せずに在り続けられるこの二つの人格は、やはり二重人格ではなく、どちらかというと独立した並行人格、あるいは同時人格だった。ただ、独立しているようで、音叉みたいに二本にみえて実は根元で繋がっていると思うと怖かった。今までは独立していても同じ体にいるのだから、いつ一つになってもおかしくなかった。

以前から時おり、二人の間に挟まっているものの薄さに怯えていた。身体の中では二人をわけている薄っぺらい何らかの隔たり。その隔たりを、血や内臓、感覚も記憶もひょいと跨いで行き来している。

それだけでなく、感情さえも共有されてしまって個人的なものではなかった。そういったことを嫌というほど思い知らされ、隔たりの薄さに怖くなった。二人を隔てるこの薄いものが壊れたらどうなるのか、意識が融合してしまえばどうなるのか、そう考えると二匹のサンショウウオが頭にちらついて、どうしようもない恐怖が押し寄せた。

喉風邪で瞬がダウンしている時や入眠の時差で一人起きている時に、白黒サンショウウオはいつもお互いを食べようと回りはじめるのだ。一人でありたい。心の底からそう思った。

あまりに恐ろしくて、ベトちゃんドクちゃん、あるいはアビー&ブリタニー姉妹、直接的に結びついた先人たちに救いを求めた時期もあった。しかし、本を読みこんでもそこには体の構造や、生まれてから今までに施した治療、親や周囲の反応、本人たちのあっけらかんとした様子などが書かれているだけだった。

中には少し踏み込んだ心情が語られていても、それは繋がっていることからくる喜びや安心の言葉ばかりで、私が知りたいことについては微塵も語られていなかった。特に全員がこのまま繋がっていたいと望んでいて、分離手術が可能な双生児たちでもそれを拒否していることに私は孤独と異端を感じずにいられなかった。

その時わかったことは、私たちと彼ら／彼女らは似ているようでも決定的に異なる点があるということだった。アビーとブリタニーは体がくっついているけれど頭が分かれている。ベトちゃんドクちゃんは腰がくっついていても、それぞれの上半身をもっている。他の結合双生児たちもそうで、とにかくどこかは分かれている。自分だけの頭か、自分だけの胸、あるいは自分だけの腹をもっている。それは自分だけの思考か、自分だけの感情、あるいは自分だけの本能をもっているということだった。

　自分だけの何かをもっている、だから離れたくないのだ。分かれきった部分がある人たちに私の苦しみなどわかるまい、と私は憤って壁からポスターを剥がした。

　それはアビーとブリタニーが腰に手を当てて微笑んでいるポスターで、彼女らの大ファンである瞬が父に頼んで画像を大きく引き伸ばして作ったお手製のものだった。それをゴミ箱に丸めて放り投げて、ほかの恵まれた双生児たちとも袂《たもと》を分かった。

　かわりに救いを求めたのは精神医学書や哲学書だった。それらの書物には私の苦しみがはっきりと書かれてはいた。しかし、精神や哲学の書物では私の恐怖は最初の数ページで書かれきって、その後のページは難解で複雑な精神や自我の説明ばかりになった。しょせんは私の懊悩などは自我から来る苦悩の初級編に過ぎなかった。宗教書はもっとひどかった。そこに書かれていたのは自らの自我を完全に消滅させたという実体験で、それを読めば読むほど恐怖は減るどころか増すばかりだった。実際に自我の消滅があり得るのだと思うと、気を抜いた瞬間に自分が瞬の中に溶けてしまうような気がした。宗教家は自我を滅することが目的なのだと気がつくと、私はその偉大な宗教書を50円で古本屋に売り払った。

そして、そういった悩みもある日、くしゃみ一つで易々と吹き飛ばされた。日曜のお昼過ぎ、ニュースで精神病患者の犯罪が報じられている時だった。別人格によって引き起こされた犯罪に対しての責任の有無が論じられだすと、私の頭にサンショウウオがちらちらと尾っぽを出す。

心神喪失状態だったと認定されると免罪される彼らと違って、私と瞬の心神は互いから独立していて喪失されない。瞬が罪を犯したら、私も一緒に牢獄に入ることになる。もちろん、それはかまわない。今までもずっと、そうだった。辛い出来事どころか、辛い気持ち自体を同じ胸で共有しているのだ。学校の教師が瞬だけを叱っている時にすら、私は自分が叱られている時と同じ辛さを味わう。瞬の業は私の業。業よりも深い場所で繋がっているのだから、罪を一緒に背負うのは当たり前だ。私が恐れているのは牢獄に入ることなどではない。

「寝ている時に犯した罪を問われるような感じかしら、それなら」

母が得意げに講釈を垂れはじめた時だった。瞬が牛乳を飲みくだして、冷たい感覚が喉から腹へと下りてくる。ふしゅっ。お腹がぐっと締まって、くしゃみが起こる。くしゅっ、くしゅっ、くしゅっ。すると、くしゃみのたびに頭が白んでいく。

母は怪訝な顔をして、父は微笑んでから瞬の頭を撫でた。父はくしゃみ一つでも、どちらのくしゃみかわかるらしい。当の本人たちでもどっちゃでわからないというのに。私はというと突然のくしゃみに啞然とした。先ほどまで私を怯えさせていたあの恐怖がどこかに吹き飛んでしまって、くしゃみが終わった後も戻ってこなかった。そこから私は必死になって頭や体の隅々まで探したが、とうとう見つけだすことはできなかった。

　吹き抜けの待合ホールがふっと暗くなる。太陽に雲がかかっていた。子供たちは不思議そうに空を見上げる。私は体をもぞもぞとさせてから、こめかみあたりを親指でマッサージした。二日の間、眠剤で取った睡眠のせいで体のどこかが捻じれている。

　そんなことあったかなぁと瞬が思ったから、

「瞬が寝てた間のことかも」

　思い出しておきながら、自分でもよくわからない。

「気がつけばポスターのことなんか忘れてたけど。剝がされてたっけ。まだ実家に貼られてると思ってた」

「私が剝がした。あと、いろいろ諦めたのも、そのあたり」

　それから私はその手の哲学的な悩みにかられることはなくなって、玩具を取りあげられたように一人きりの時間が手持ち無沙汰になった。哲学的な悩みがなくなったかわりに、瞬におしつけて誤魔化していたものが遅まきながらぶり返してきた。同級生たちのからかいや揶揄、子供が産めない体であるという事実にあらためて襲われた。そして、あの時に傷ついていたのは、瞬ではなくやはり自分だったとわかって、私の哲学的な懊悩も単なる日常の軋轢から生まれていただけなのだと打ちのめされた。

結局のところ、私を震えあがらせたものは私たち特有のものではなかった。私と瞬の関係は父や母や友人らのそれと何の変わりもなかった。パート先の常連客の言葉に傷ついて母の胃に潰瘍ができたり、泉が彼氏の言葉に耳を真っ赤にしたりするのを見ればわかる。自分だけの体を持っている人はいない。みんな気がついていないだけで、みんなくっついて、みんなこんがらがっている。自分だけの体、自分だけの思考、自分だけの記憶、自分だけの感情、なんてものは実のところ誰にも存在しない。いろんなものを共有しあっていて、独占できるものなどひとつもない。他の人たちと違うのは、私と瞬はあまりに直接的、という点だけだった。自分たちが特別でないと認めると、サンショウウオは物音を立てずに通り過ぎていった。

そういった事実は思春期まっただ中で、自分らしさを求める自意識過剰な私には辛かった。この体では、自分だけの個性を保つことは難しかった。そして、それがどうしようもない事実だとわかると私はすごく投げやりになった。そこから何でもオーケー、全てがどうでもよくなった。それまでは高校を卒業してからの進路で瞬とよく話し合った。絵を描きに芸術学部へ行くか、美容の専門学校へ行くか、どちらへ進むかがいつも議題だった。しかし、それもどうでもよくなって、娘たちの将来を案じて母が勧めた看護学部にすんなり進学することにしたのもそういったことからだった。

「そうやったん？」

瞬は看護学部に行くことになった本当の経緯がわかって大いに驚く。

「たぶん。いま初めて思い出したから、絶対とはいえないけど」

二人で決めた進路のはずが、どちらも確信をもてない。ならば、今思い出したこの出来事は当時、実はどちらも受け入れられずに二人で奥に押しこめた記憶なのだろう。

「そうかぁ。あぁ、そうかも」

瞬は、私の諦観によって自分も芸術学部に自然と行きたくなくなったと知っても、怒ってはいなかった。

「だから、あの時期、わたし眠ってばっかりいたんかもなぁ。あぁ、そうかぁ」

杏は考えに考えたあげく諦め、自分はただこんこんと眠って、あの時期をやり過ごしたのなら、どちらが悪いというわけでもない。瞬がそんな風に考えてくれたから、私は胸が明るむのを感じた。

「お待たせいたしました。濱岸家の皆様、収骨室へお集まりください」

黙ってソファを立ち上がって歩きだしてみても、廊下の半ばを過ぎるまえに、自ずと一致してしまう歩幅にますます諦めてしまう。二人とも歩幅のゆったりとした心境だった。あの時には耐えられなかった、完全に混じりあっていて完全に独立している、という矛盾が今では矛盾なく感じられた。思い出しながら感じられる、あの矛盾の耐えられなさも歩くとともに造作もなく散っていき、頭をかすめる陰陽図は白も黒もなくなって、ただの円周になる。

廊下の突き当たりでは待合個室から親戚らがぞろぞろと出てきて、階段を上がっていくのが見える。廊下の途中で立ち止まり、また歩きだし、ようやく廊下の突き当たりに辿りつく。とっくに親族を吐きだして空になったはずの待合室から、母がひょっこりと出てきた。

「どこいってたの？　戻ってくるん待ってたんよ」

「待合ホールにいた」

母はダウンのポケットから鍵をだして待合室に鍵をかける。

「携帯に電話したんよ」

「ソファで寝てた」

「お母さんも寝たかったわ」

母の背中を追って階段を上がっていくと、不満げな声が響いてくる。

「お父さんが伯父さんに、腎移植する予定やった話、きいてた？」

「全然」

「あぁ、そう。お母さんだけが知らんかと思ったわ」

頭から暖気を感じながら二階に上がると、横並びの収骨室の中で一つだけドアが開けっぱなしで、そこから親族らの背中が見えた。

台の上で骨だけになった伯父はおおいに若返っていた。骨にくすみが一切なくて、顔色の悪い伯父のものとは思えず、若い女性モデルみたいだった。背骨や肋骨はぼろぼろと崩れてはいるが、頭蓋骨と肩甲骨、大腿骨はおおよそ崩れずに残っている。頭蓋骨は高校球児のように真ん丸で一つの窪みもなく、肩甲骨は左右に開いて翼竜を想像させる。大腿骨の端は綺麗なY字をしていて、右の大腿骨には膝の皿がフォークボールの握りのようにかぽりとはまっている。父は再び骨だけになった伯父にぶつぶつと独り言をはじめる。

「ご家族の皆様、全体的に一歩前にお近づきください」

係員は手際よく骨を折っていき、骨拾《こつひろ》いがはじまった。横に立つ父から伯父の大腿骨の欠片を箸で受けとった。骨は太いわりに軽かった。伯父とはたいした交流もなかったから、その軽さに虚しさすらない。やはり、私は伯父の死自体に衝撃を受けているわけではなかった。

骨を箸渡ししながら、自分たちが死んだ時を想像してみた。炉室から台車が出されると、台の上に残っているのは白い骨だけ。頭蓋骨に詰まっていた三個の脳も、二個ある膵臓も、二倍の大きさの子宮も何もない。あるのはたった一つの骨格。白く太い背骨、鳥かごのように丸い肋骨、ドームみたいな頭蓋骨、少しずれた下顎骨。二人の人生を背負っていたわけだから、骨自体が大柄にもなる。もともと溶け合った一つの骨格。

　伯父のお骨が回ってくる。指の骨だった。小さな骨を長箸で挟もうとした時、私に白黒サンショウウオの感覚が蘇った。私は伯父の骨を受けそこなって、指の骨は台に落ちた。たしかに伯父と父も白黒サンショウウオだと納得して、カランと転がった骨を箸で追いかけようとした時に、瞬が右手を伸ばして骨をじかにつかんだ。瞬が握りしめた骨はほのかに温かく、少しざらついた感触がする。母に諫められて瞬は骨を手放したが、掌にほんのりと余韻が残った。瞳を瞬かせているうちに、私はとうとう自覚した。自分と瞬のように父と伯父は深くで繋がっていて、いつか同時に死ぬ、私はきっとそう思いこんでいた。昔のいろいろを猛烈な速度で思い出すことになったのは、二人が同時に死ななかったことの衝撃によるものだった。

　係員が骨片を骨壺に納めていき、最後に喉仏を入れた。骨壺の蓋が閉じられると、彩花が両手で受けとった。父親のお骨を持つ彩花を先頭に収骨室を出ていく。階段を下って廊下を進むと、待合ホールで遊んでいた子供たちはどこにもいなくなっていた。ホールを横切っていくと、窓の端に瀬戸大橋が見切れた。不意に父が死んでしまったように感じられて涙が滲んできた。

＊

熱海駅を定刻通りに通過しています。

アナウンスで目を覚まして隣を見ると、母は眉間をよせたまま寝息を立てている。二時間ほど前に祖母が〝今度は四十九日の納骨で。京都は底冷えするから着こんできて〟と言い残して京都駅で新幹線を降りた。祖母を窓から見送ると〝気疲れしたわね〟と母はシートを一番奥まで倒してすぐに寝入ってしまった。

空になった祖母の席に、いつのまにか見知らぬサラリーマン風の中年男性が座っている。母は岡山駅で買った駅弁をテーブルに置いたまま、寝入った時の姿勢のままで眠っている。杏もまた、ここ数日が嘘のように寝入っていた。憑き物でも落ちたかのように健やかな呼吸をしている。わたしも安らかな気持ちだった。収骨室であの真っ白な骨を見た時、伯父の生まれた時からの奇妙な辛苦が灼熱の炎で洗われたように感じた。

今もその清々しさがどこかに残っているが、あの時すこしだけ不可解なことがあった。収骨室で骨拾いが始まり、伯父のお骨を父から受け取ろうとした瞬間、渡してくる父が骸骨に見えた。お骨を箸でつかむ父の指に皮膚も肉もなかった。父の指も掌も、ただ細い節ばった骨だけで、父はその骨だけの手を器用にたわませて箸を操り、伯父の骨を挟んでいた。指から父をたどっていくと、前腕の白い二本の骨、太めの上腕骨、なだらかに蛇行する鎖骨、積み木のように積まれた背骨、その上に髑髏の顔が落ちずに乗って、下顎骨はやはり伯父のものより大きく張っていた。少し大柄の骸骨が伯父の骨拾いをしていた。急に怖くなって、わたしは手を伸ばして父の指をつかんだ。結果、わたしが握りしめたのは伯父の指の骨だった。母に諫められて離しても、すぐには気がつかなかった。呆然としているうちに、杏がかわりに次の骨を受けとった。その時には父は肉と皮膚がついた、いつもの姿に戻っていた。

そんな不思議な体験を思い返しているうちに、杏が夢を見はじめる。頭の片隅では、見晴らしのいい高台に建つ施設が巡っている。どうやら建物は先ほどまでいた火葬場で、そこでわたしたちが入った棺が運ばれていく。棺の周囲を見知らぬ大人や子供たちが囲んでいる。わたしたちの子供や孫たちだ。台車は進んでいって、炉室に棺ごと搬入される。三番と書かれた炉室だから、伯父が焼かれたのと同じ炉室になる。先ほどの骨拾いの時、杏は自分たちが死んだ時を想像したが、その前後をもう一度夢に見ているのだ。焼きあがった自分たちの骨を子供たちが骨拾いしている。

子供を産めない体と告知されたのは高校生の時だった。卵巣は正常に働いているから受精はできるけれど、二部屋に分かれたこの子宮では胎児は育てられないと医者に言われた。

少し前の杏に言わせれば、凸の生殖器を持つ男性と凹の生殖器を持つ女性は陰陽図の関係らしい。どちらも、一人では子供を産めない欠けた不完全な存在で、がっちりと生殖器を合わせた時だけ完成して生殖できる。ただ男性は尖ってばかりでへこめず、女性はへこんでばかりで尖れなくて、一方的な関係なので陰陽図は陰陽図でもいびつで不出来な部類になる。そんな原始的で野暮な関係性は必要ない、私たちはすでに完成しているのだから、というのが杏の出した強がりな結論だった。

しかし、夢の中で杏はしっかり子供をこしらえている。杏が妥協するとは思えないから、この子らはわたしたち二人の子供だ。父は杏で母はわたしで、かつ、父はわたしで母は杏。いや、二人は父と母にすらわかれない。ただの単為生殖だ。杏がそんな夢を見るせいで、本当にいつかお腹が膨らんで二人の子供が生まれてきそうな気がする。結合双生児のような子供もいれば、単生児のような子供もいる。子供たちが自分たちの骨を拾う様子を眺めているうちに、杏は深い眠りにはいったようで、子供たちが骨壺を抱えるあたりで夢は途絶えて、わたしがかわりに続きを想像する。

想像して困った。自分たちが死んだとき、死亡診断書は二枚出してくれるのだろうか。その時、両親が生きていればいいが、どちらも生きていなければ、子供たちは私たちの後じまいをうまくできるのだろうか。かつて出生時に医者が描いてくれた二人で一体の絵や結合双生児の診断書を持って、小田原の裁判所と市役所を行き来することになるかもしれない。

窓のシェードをあげると、相模湾が見える。空にはすじ雲が並んでいて、その隙間から強烈な西日がオレンジ色の明瞭な光線となって海を照らしている。揺れる波間を古典柄の帯のような丹紅色に染めあげて、一方、陽射しから逃れた波では、海の深みがより濃い紺碧となって蒼を深める。

父から伯父への腎移植。伯父の内臓の一つだった父の、内臓の一つである腎臓が、伯父に繋がる。陰中陽の陽中陰で一巡《ひとめぐり》。腎移植が実現していたら、それなりの陰陽図が完成していた。そう思うと、妙におかしかった。父が亡くなれば京都の同じお墓に納められる。その時には伯父の骨と父の骨を混ぜて、墓場で完成させてあげようか。

波の揺れる上下に合わせて入れ替わる丹碧《たんぺき》を眺めていると、自分たちが死んだ時に一人の死亡として扱われても、大した問題ではなさそうに思えてくる。一枚だけの死亡診断書は杏の名前で出してくれていい。元々一つの骨だから、熱海の沖に広く散骨されるのもいいかもしれない。

4

四十九日は晴れていた。京都駅から在来線に乗り換えて一時間で県境の駅につく。伯父・勝彦と父・若彦が育った実家に今は祖父母が二人で暮らしていた。

母と改札を出てエスカレーターで降りると、祖母が一人、新聞紙で包んだ花束を腕に抱えてロータリーで待っていた。

待機させていたタクシーに乗りこむと、

「晴れてよかったわ」

祖母は車窓から空を見上げる。

「納骨の日に大雨だと大変ですもんね」

母は頷いて寒そうに両手を擦る。

「あの子、晴れ男やったから」

24号線を左に折れて小路に入る。周囲は田圃ばかりで、その先に丘を削ってできた団地が見える。この一か月の間、特別に伯父を思い出すこともなかったが、祖母の喪服姿か、あるいはそこに染みついた線香の匂いのせいか、おぼろげながら伯父の顔が浮かんでくる。しかし、その顔は痩せた赤子だったり、あるいは手術前の顔色の悪いものだったりと変化していき、最期には綺麗な骸骨になる。

「あんちゃん、しゅんちゃん。むかし、家族で墓参りした時にね、かつひこ、この先の側溝に自転車ごと突っこんだんよ」

祖母は道の先にある、これから登る坂を指差して、

「七歳とか八歳くらいの時かな、ここの坂下った勢いのまま」

そこから道路の右端にある幅の広い側溝へと指を流す。丘に林立する住宅街からの生活排水が流れこんで勢いよく水が迸《ほとばし》っている。

「意外。自転車のイメージない。伯父さん、怪我なかったん？」

「前歯折れたんやけど、乳歯やったから。永久歯生えてくるまで、何年もずっと歯抜けやったわ」

急勾配に差しかかると、タクシーの速度が落ちる。

「あいかわらず、えらい坂。お母さん、通うの大変でしょう」

「定年してからは毎週水曜に通ってたけどねぇ。あの人が車いすになってからは月に一回、タクシーで通ってるんよ」

タクシーが坂を登りきり、開けた駐車場で停まった。自家用車が数台停まっていて、その間で近所の子供らしき数人がボール遊びをしている。墓地に入るとすぐに墓石の間から、二十分ほど前に出発していた祖父が垣間見えた。

「おぉ、来た」

祖父は車いすを降りて、親柱の上に骨壺を抱えて座っている。その奥で彩花は屈んで、敷き詰められた玉砂利の間から生えている雑草を間引いていた。

「あぁ、どうも」

克樹が青のバケツに水を汲んで裏手から戻ってくる。

「ありがとう。おなか大きいのに、綺麗にしてくれて。座って休憩して」

「ううん、大丈夫。来た時から綺麗で、掃除するとこなかった」

「あぁ、そう。先週おじいちゃんと来てざっと掃除したけど。雨が降らんかったからかな」

祖母は腰を屈め、新聞紙を開けて花束を解いた。寒菊と冬牡丹、百日草、ユリをバランスよく二つに分けていく。手首の輪ゴムで花束を縛ると、彩花に手渡した。彩花は墓石の両側の花立に挿して、私は柄杓で水をすくって花立に注いだ。祖母は余った寒菊とユリを束ねて、墓石の横にある小さなお地蔵に手向けた。

子供の頃にこの墓地を訪れた際に、これは誰のお墓か祖母にたずねても教えてもらえなかった。あぁ、これは伯父のお腹の左側、父の反対側に居た父の弟、私たちにとって叔父にあたる人物の水子供養の墓石だと杏が感づいた。叔父の名前がどこかに書いていないか、お地蔵とその周囲を探索していると、坂の上から美和さんが袈裟姿の僧侶を引き連れて降りてくる。骨壺を香炉に載せると、すぐに供養が始まった。読経を聴きながら、祖母や美和さんらの後ろで手を合わせて俯いた。視界に背の低いお地蔵が見える。父が死んだ時に伯父のお骨と混ぜるなら、その時には叔父も一緒にしてあげようかと杏は考えついた。

読経が終わって僧侶が引き上げていくと、祖母が香炉から骨壺を持ち上げて祖父に渡す。克樹が香炉を手前に移動させると、墓石の下からほの暗い入口が現れた。一メートル四方の納骨室に陽が微かに届いて、棚に骨壺がぎっしりと並んでいるのがほんのりと見えた。何十年前や百年前に亡くなった祖先のものだと思うと、意識が空に向かって伸びていく心地がする。

「これってこの棚いっぱいになったらどうするん？」

杏が指を差すと、

「一番古い骨をこの下に撒いてな、土に返すんや」

祖父は骨壺を抱えながら、

「さぁ、納骨しようか」

とにこやかに続ける。脚の悪い祖父は当然のように骨壺を渡そうと周りを見た。すると、全員が互いの顔を見合わせた。

「お父さん、まだか？」

祖父がぼそりと訊ねてきて、

「まだ静岡で仕事やって」

瞬が携帯を片手に返事する。そこから家族会議が始まって、結局、翌朝から仕事の克樹をのぞいて、明日ふたたび集まることになった。香炉は戻されて、納骨室は再び閉じられた。

呼んでいたタクシーが来ると美和さん、彩花と克樹が乗りこんだ。

「克樹くん、今日はありがとうね」

祖母が声をかけて見送り、自分のタクシーに戻ってきた。

「今日はわしら仏間で寝るか」

助手席で骨壺を抱えていた祖父が首を捻じって祖母にたずねる。

「美和ちゃんと彩花ちゃん、もともと京都駅のホテル予約してたんやて。克樹くんを新幹線まで送ったらそのまま京都でご飯食べて、そっちで泊まるねんて」

「そうか。じゃあ、スーパーよらんでええな。運転手さん、直接、家でいいですわ」

タクシーは坂を大きくカーブしながら下っていく。アスファルトが割れたところに差しかかると、車ががたんと揺れて骨壺の蓋がからんと鳴った。

京都の実家に来るのは曾祖父が他界した時以来で十数年ぶりだった。泊まるとなれば、まだ幼児だった彩花と遊んだ記憶があるから、もう二十年以上も前になる。

最後に泊まった日から二階に上がったことがなく、階段の急峻《きゅうしゅん》さに戸惑った。右を向いて半身《はんみ》になってあがっていく祖母をまねる。祖母は二階に上がるとすぐの左の襖を開け、リモコンで暖房をつけると、向かいの部屋へと入っていった。

わたしは部屋の隅にボストンバッグをおろした。段ボールが積まれているだけの空っぽの部屋だった。漆喰の壁際には薄茶色の消石灰の粉がぱらぱらと溜まっている。北側の窓際へと近づいて、霞ヒシワイヤの網入りのガラス窓を開けると、赤銅色の線路とその奥に竹藪が見える。あの線路のそばで死んだ動物の骨を見つけた記憶があった。部屋の埃っぽい空気が夕方の澄んだものに入れ替わっていく。

「しばらく開けておいて」

祖母が布団を持って戻ってくる。

「あんちゃん、本好きやろ。そこの段ボールに本いっぱい入ってるから、気に入ったのあったら、まとめておいて。送ってあげるから」

シーツと布団をばさっと置くと、祖母は大きな息をつく。

「お母さんから何かきいた？」

祖母は布団を広げながらたずねてくる。

「何かってなに？」

「遺産の話」

「きいてない。なにそれ？」

先ほど別々にタクシーに乗る際に祖母は美和さんから、伯父の遺言状についてきかされたらしい。遺言状には法定相続人ではない父の名前も書かれており、遺産の一部を譲る旨が伝えられたらしい。

「お父さんに？」

「らしいで。美和さん、お父さんとかお母さんにはまだ言うてないんかな」

「そうかも」

「明日、直接言うんやろうな」

伯父は岡山の大学で哲学科の教授をしていただけで、資産家でもないから大した額の遺産でもなく、またそのほとんどは家族に託される。父に与えられるのは百万にも満たない少額らしい。

「まだ言わんといてな」

「うん」

祖母は膝立ちで反対側へ回って、ピンとシーツを引っぱった。

「電気毛布は？」

「いらない」

電気毛布で寝ると寝起きが途端に悪くなる杏がすぐさま首を振る。毛布に羽毛布団を重ねると、

「一応電気毛布置いとくから。これで寒かったら、電気いれんと使い」

祖母は階段を下っていった。

三段に積まれた二列の段ボールの山。その上の箱を開けると、難し気なタイトルの本が詰まっていた。英語やドイツ語のものもある。杏は上の段ボールを床に降ろして、布団のそばまで引きずりよせる。

「おんなじやつ読んでる」

手に取ったのは「純粋理性批判」で、たしかに過去に読まされた記憶があった。杏は懐かしく思ってページをめくりはじめる。ところどころにマーカーが引かれていて、読みこ

まれた本だと伝わってくる。中には細いボールペンで書かれた文字が並んでいて、伯父の肉筆をはじめてみた。隣にあった「善の研究」の下から「生きるよすがとしての神話」、その下には「量子力学序論」、「量子と精神医学」とジャンルを超えたさまざまな書物が出てくる。杏の知らない本もたくさんある。若い頃に余命を宣告され、手術を繰り返してきた伯父だから、考えこむ事柄も時間も沢山あったのだろう。

本を取りだしていって、一番底にあったのは図鑑だった。ボール紙でできた分厚いその本を引きあげて、布団の上に置く。腹這いになってカラーのページをめくっていくと、色ペンで塗りつぶされた日本地図が出てきた。天文22年（1553年）と注記された地図は戦国時代のもので、三十個以上に分かれたそれぞれの領地が二色のマーカーで塗り分けられている。緑色は丁寧に領土の境界に沿って塗られており、一方青はぐちゃぐちゃと塗られていた。兄弟で陣取りごっこでもしていたのだろう、父が青で間違いなさそうだ。大きさが一覧できる恐竜のページにも取りあった形跡があった。

ページをめくっていくと、本の中ごろには人体図があった。両手を広げた人間は肺や心臓、胃や肝臓などの中身を剝きだしにしている。

「もし、内臓おしつけるなら何にする？」

杏にたずねると、

「とりあえず、顎あげるわ」

杏は持ってきたボストンバッグの中からメモパッドを取りだして、橙色の付箋を顎に貼りつけた。

「わたしが噛む係？　じゃあ、杏には腸をあげるわ」

お腹をぐるりと「の」の字に巡る大腸の下流、肛門のすぐ上の直腸に青色の付箋を貼る。

「直腸ってことは、これからはずっと大便きばる係？」

「そう。あぁ、あとおしっこを我慢するのも」

「それは膀胱じゃない？」

「そっか」

「瞬には膀胱あげる」

わたしは橙の付箋を膀胱に貼りつけた。ふと背中に嫌な予感のような悪寒を感じると、杏が立ち上がり数センチほど開いていた窓を閉めた。

図鑑を閉じて、他のものとまとめて段ボールへと戻す。気に入った数冊を壁際に積むと杏はその収穫に嬉しくなって、今度は中段の段ボールを開けて、厚い背表紙の一冊〈量子力学　巨視的世界における実在性と非実在性〉を手に取った。表紙には波動方程式がいくつも並んでいる。杏はぱらぱらとページをめくっては、伯父が線を引いた個所や針金のような書きこみ文字だけを拾って読む。量子のもつれ、実在性の破れ、巨視的世界における非実在性の成立、レゲット・ガーグ不等式、不確定性原理、状態の重ね合わせ。次第に没入していく杏の思考に身を委ねながら、わたしは毛布を脚にかける。唾を飲みこむと喉に痛みを感じた。杏は文庫の〈存在からの祈り〉と四六判の〈腎臓内科専門医が説明する腎臓病〉と、次々と新しい本を手にとっては、伯父の読んだ痕跡をたどっていく。頭頂の解放、放射状の空間、存在の振動、受け手がいない。腎盂、ヘンレのループとそれによる尿の濃縮、腎移植、一卵性双生児の間では拒絶反応は起こらない。脳内で伯父の遺した言葉が諳《そら》んじられる。杏の独り思考は意味不明だが、頭頂より少し上がむずむずとしてきて、何かが軋む音がする。杏が何かをひらめきつつあった。お経やマントラのように言葉は繰り返されて、わたしは寒気がして暖房の温度を30度まであげる。

するると、杏がぱたりと本を閉じて、同時に襖が開いた。

「水炊きできたで」

祖母が階段から上半身だけをだし、しわの寄った笑顔をのぞかせている。

「あぁ、お腹減った」

杏が本を畳に置いて立ちあがると、祖母は嬉しそうに木床を軋ませて階段を降りていった。窓は暗く、陽は完全に落ちている。ボストンバッグからカーディガンを引っぱりだして羽織った。階段を降りていくなか、唾を何度飲みこんでも喉が痛んで、喉風邪を引いていることを自覚した。両親が言うには、五、六歳から毎年扁桃腺が腫れて高熱を出すようになった。今でも一年に一度、だいたい冬の終わりから春先にかけて、はかったように体調を崩して、扁桃炎特有の高熱が出る。それは朦朧とするほどの高熱で、その度にすべてがぐちゃぐちゃにかき混ざる。膿が溜まって真横に張りだして喉が半分くらい埋まったこともある。その時は病院で膿を注射器で吸い出してもらった。

いつも右側ばかりが腫れて、わたしばかりが異様に痛がるものだから、杏はこの扁桃炎はわたしのせいだと決めつけて、高校生の頃などは首が分かれていれば私は関係なく過ごせたのにとよく杏に嫌味を言われた。

階段を降りると、右手の仏間から微かに灯りを感じた。照明の落ちた仏間に入ると、薄暗いなかで桐簞笥《きりだんす》がほのかに白く、樟脳の匂いがつんと香ってくる。部屋隅にある仏壇にはロウソクが灯されており、土香炉《どこうろ》に三本の線香が手向けられている。膳引き台の上に骨壺が置かれていて、白い陶器がロウソクの炎で橙色に染まっている。仏飯器に盛られたばかりの白米から微かな湯気が立って、白い蒸気にゆらゆらと橙色が揺れていた。その蒸気に右手を通すと、掌にチチチッと微細な粒が弾けながら燃えている感触がした。耳を澄ますと、燃える無音が掌に感じられる。

その音に集中していると杏が踵《きびす》を返した。わたしは後ろ髪を引かれる心地がしたが、杏は廊下に漂う鍋の匂いをかぎながら早足で進んでいく。突き当たりから賑やかな声が聞こえてくる。

畳敷きのリビングでは、すでに祖父母と母が食卓を囲んで座っていた。煮える鍋の中で春菊が痙攣するように震えている。食卓に着くと、一気に体が重くなった。植物みたいにたたずんでいると鼻息に熱気が混じりだす。体感からいって微熱程度だが、扁桃炎は夜半にはだいたい高熱になる。

「とにかく、一段落やぁ。一息つこう」

「みんな、おつかれさま。弔うほうもひと仕事」

「お父さんお母さん、おつかれさまです」

祖母は瓶ビールを傾けて小さなグラスにビールを注いでいく。部屋隅の茶箪笥や棚の陰は薄暗いが蛍光灯の笠の下は一段と明るく、三人もいやに火照《ほて》っている。ぐつぐつと煮立つ鍋の熱気のせいか、まるで何杯もお酒を飲んで高揚しているように見える。

家以外では飲まない母がグラスをあおっていき、まったく飲まない杏もグラスを持ってビールを飲み干していく。杏はそこまで喉の痛みを感じていないのか、どんどんと鍋野菜を口へ放りこんでいく。

「おいしいおいしい。胡麻ダレ派やけど、今日はポン酢がおいしい」

杏は豚肉をポン酢に浸して口の中に放りこんでビールをあおる。呑みこむたびに喉が痛んでわたしはげんなりしていった。酔いも自分ばかりに回ってくるようで昏々《くらくら》してきて、飲み食いする杏を止められない。次第にわたしは諦めて、杏にすべてを委ねることにした。

夕食が終わると杏は缶ビールを持って階段を上がる。右の襖が微かに開いていて、真っ暗な部屋に階段の豆電球の光が差しこんでいる。橙の灯りで布団と母のバッグが覗きみえた。

部屋に戻ると、杏は隣の段ボールを漁って数冊を抜きだし、布団の上に寝転がった。唾を飲みこむと喉はひどく痛んだが、杏はかまわず缶ビールをあおる。酔いと微熱で意識が朦朧としてきて、文字は単なる象形になる。眠気が襲ってきてうつらうつらとした。

気がつけば照明が落ちていて布団を胸まで被っている。階下から聞こえていた祖母や母の話し声も今は聞こえてこない。しんと静まりかえったなかで、引き裂くような耳鳴りが聞こえてくる。魔除けの弓弦《ゆづる》が重々しい低音で鳴るように、揺れる響きは威厳ある声のように聞こえる。……たは……遠にある……。遠くから呼びかけるようなその音は意識を集中すると次第に声となり、はっきりと聞こえてきた。

……この身体が朽ち果てる時、あなたたちは私の死を嘆くだろう……しかし、私は私の周囲に集まり、私の死を悼んで泣いているあなたたちを見て、嘆くであろう……私はこの肉体の死を体験することはない……肉体が死ぬと同時に、私はすでにその肉体の傍らで観察者になっている……あなたたちが死んでいる私を見つめるように、私もまたその遺体を見つめるだろう……

にわかに体の芯が冷えてきて、風邪の熱も怠さも抜けてくる。熱が引いていくと、朦朧としていた意識が澄んでくる。妙に冴えわたり、ますます声だけが大きく響く。

……死は主観的に体験することのできない客観的な事実である……死に往く過程やその苦しみは体験できても、死そのものを体験することはできない……あなたたちは死ぬことはできず、死んだ自分の体を見ることしかできない……肉体の死に意識を同調させてはならない………血と肉はあなたのなにものでもない……心も思考もあなたのなにものでもない……

聞こえる声はますます荘厳さを増して響いてくる。ある音階に達するとそれは啓示のように直に染みこんでくる。因果な体で育ったから、血や肉も、心も思考も自分ではないことはとっくに知っている。そのせいか、声は鼓膜を震わせるのではなく、わたし自身が振動しているように響いてきて、そのせいでわたしが話しているようだった。

……あなたがたが真に恐れているのは意識の死である………肉体の死は意識の死とはなんの関係もない……むしろ、意識の死は生きながらにして起こる………しかし、忘れることなかれ………意識の死を恐れているのは、あなたではなく意識自体である……生と死は意識が自らの崩壊を防ぐために生み出した最大の誤謬《ごびゅう》である………それも脳や心臓にひどく癒着した意識の作りだした誤謬である……生きながらに死を体験することができれば、あなたは生と死の狭間に入る……あなたたちがそれを望むなら、あなたたちもまた、そうあるだろう………恐れることなかれ……

わたしはふっと下を見た。寝ころんでいたわたしの少し下で、本の背表紙とそこからはみだす私の顔が見える。布団に仰向けになって寝転ぶ杏の表情は読みとれず、背表紙の文字も日本語のようだが読みとれない。杏が何の本を読んでいるかわからないが、内容からして禅の書か、またはバガヴァッド・ギーター、あるいはなにかの宗教書だろう。真っ暗な部屋のなかで杏はそれを熱心に読んでいる。映像が巡ってきて、一人の人物が周囲の若い人物らに語りかけている。車座の中心で結跏趺坐《けっかふざ》を組んだその人物が東洋人だとわかるほどはっきりと見えて、本の中にそんな写真か絵があるに違いなかった。杏からぶれることのないその光景が流れてくる。

わたしだけが寝てしまって、杏は起きて本を読み続けている。では、それを見ているわたしは誰なのか。それとも、わたしは寝入って、杏が本を読んでいる夢を見ているのか。夢かどうか確かめようと手を伸ばして、その本をとりあげようとした。体がまったく動かない。杏は仰向けになったまま、両手をつっぱって本を持っている。やはり、わたしは寝ていて杏が本を読んでいる夢を見ているのか。しかし、寝ているというのに意識はこんなにも澄んでいる。体が動かない、というよりは体の感覚がない。おかしな啓示によってわたしは睡眠と覚醒の狭間にはまってしまったのだろうか。それとも明晰夢《めいせきむ》か、金縛りか。どうしたらよいのかと戸惑った刹那、体のどこも呼吸によって膨らんだり縮んだりしていないことに気がついた。呼吸をしていなかった。その瞬間に直観がきた。死んでいる。本を持ったままわたしたちは死んでしまった。特殊な体であっても内臓がめっぽう強く、今まで大した病気に罹ったことのない若い自分たちがどうして死ぬのか。喉風邪の時にお酒を飲んだことが死因になるとは思えないから、体に何かが起こった。息が体のどこからも入らず、どこからも抜けない。空気の出入りがなく、何も伸び縮みしていない。どこも脈を打っていなくて、寒さも温かさも感じない。とにかく心臓と呼吸が急に止まって、腕をつっぱって本を持ったまま硬直している。生まれてから経験したことがないくらい身体の音がない。死んだように静かだから死んでいる。すると、どこからか微かに呼吸音が聞こえた。ふっと耳をそばだてると、長く健やかな息が聞こえてくる。呼吸をしているから、死んではいない。深く落ちついた腹式呼吸だ。それなら、風邪と酔いと啓示によって精神がどうにかなってしまったのか。呼吸の心地よいリズムを聴いていると、自分が大きく間違えていることがわかった。それは杏が集中している時の呼吸のリズムだった。つまり。いつのまにか、わたしだけが死んだ？　わたしの少し下で健やかな呼吸を続けながら本に没入している杏を残して、わたしだけが絶命した？　実際、その呼吸に合わせてわたしの何も伸び縮みしていない。わたしの何も膨らまず萎まないから、わたしの呼吸ではない。いったん死んだと思ってみると、奇妙な冷静さが戻ってくる。たしかにわたしがいなくても身体は問題ない。杏一人いれば身体は続くことができる。この、あまりの身体の無さ、あるいは身体における自分のいなさに覚えがあった。存在の実感のもてなさはかつて経験したことがある。

生まれてから五歳まで、わたしは一言も話すことができなくて、周りはわたしの存在に気がつかなかった。名前もなく、親ですらわたしの少し横に話しかけていた。そうやって無視され続けて、杏がわたしを見つけだした頃には幼稚園の卒園まで半年を切っていた。

周りがわたしの存在に気がつかなかったのと同じように、わたし自身も当時、自分が存在しているとうまく感じられなかった。身体は杏に動かされるもので、感情も杏が表現するもので、「わたし」を実感させるものは何もなかった。

あんちゃん、あんちゃん

呼び声が聞こえてきて、すぐに誰が呼んでいるかわかる。わたしを見つめながら、わたしを杏ちゃんと呼ぶのはたった一人だけだ。

幼稚園児の頃、月に数回ある母の夜勤の夜は、同居していた母方《ははかた》の祖母トシが杏を寝かしつけた。母と違い、祖母に寝かしつけられると杏はすんなり寝た。杏が先に寝たことを確認すると、わたしはごそごそと体を動かしてみた。いつも自動で動いている体を自ら動かすのは奇妙な感じがした。他人の人肌で温まった服を着るような、不快な馴染まなさがあった。

祖母の脇に冷えた指先を突っこむと、

「ひゃっこい」

祖母は目を丸くして驚いた。

「あんちゃん、やめやい」

わたしの存在を知らないのをいいことに何度も悪戯《いたずら》する。

「やめやい」

認知症がはじまっていた祖母のトシは何度突っこんでも同じように驚いて、わたしはその顔を見てはケタケタと笑った。笑い疲れて眠たくなると、祖母の太腿の間に冷えた足先をねじこんだ。祖母は目の皺を一層深くして体を抱き寄せ、わたしを温めた。

当時、唯一わたしが声をだしたのは、夜中に布団の中で祖母のまん丸い目に大笑いした、あの時だけだった。笑うと体の隅々に自分が行きわたる感覚があった。細胞の一つ一つまでわたしが染みわたっていくと、ようやく自分が今ここにいると実感できた。杏が眠ってから自分が眠るまでの十分間、その間だけ自分の存在が生の実感として確信できた。

しかし、次の朝にはわたしはまた混沌としたものに半ば溶けて曖昧になる。体は動かされるものに戻っていて、映画でも見るように動いていく景色をぼんやり眺めることしかできなかった。

五歳のある瞬間に杏がわたしを見つけだした。それから親がわたしの出生届をもう一枚追加したが、その時分には祖母の認知症は日常生活に支障をきたすほど進行していた。最初、施設の預かりは週末のみだったが、すぐに日数は増え、いつからか祖母は帰ってこなくなった。それから祖母に会えるのは家族で施設を訪れた時だけになった。ただ、中学にあがる前、たった一度だけ両親に内緒で会いに行ったことがあった。

その日、母は午後からパートがあった。母が洗面台で化粧をしている隙に、わたしは台所に置きっぱなしだった母の財布からバスの回数券をくすねた。わたしが突発的に母の財布を手に取り、そこから鮮やかに回数券を抜きだす間、杏は驚きで息を凍らせていた。

回数券をポケットにねじこんで玄関から出ると、

「あかんのに、ばれても知らんで。あかんのに」

杏はしつこく囁いてきた。住宅街を縫いながら市内行きのバス停へ着くまで、歩くリズムに合わせて、

「あかんのに、あかんのに」

呪文のように繰り返す。わたしはいやに気分が高揚して、鼻唄などを漏らして坂を下っていく。ところがバス停の青色のベンチに座るころには、

「なぁ、どこ行くー？　ちょっと、回数券見せて」

杏はバスの回数券をじろじろと見はじめた。

「これって、どこまで行っても一枚でいけるやつや。遠くまで行ったほうが得。終点の駅前までいこー。プリクラとろ」

杏は上機嫌に時刻表をなぞりはじめる。駅行きのバスは三分後だった。回数券だけじゃなく、機嫌まで一緒くたにからめとられて、

「わたしが盗《と》ったから、わたしの」

回数券をとり返してポケットにしまう。

「どっちが使っても一緒やでぇ」

杏はにやにやと口の端をあげる。わたしは反射的に立ち上がって、目についた斜《はす》向かいのバス停へと車道を渡っていった。

市内行きのバス停と違って、郊外行きのバス停は野晒しだった。雑草の間にわずかにできた砂利のスペースにピラミッド型のコンクリートの重しがあって、そこに時刻表が刺さっている。いつもここで降りるばかりで、バスを待ったことはなかった。

「そっち、遊ぶとこないで」

駅前行きをそそのかす杏を無視して重しに跨っているうち、向かい側のバス停に「JR平塚駅」と表示を掲げたバスが来る。

「あぁあ、行っちゃった」

素通りしていくバスの後ろ姿を見ていると、それと同じ色のバスがすれ違って、こちらへやってくる。近づくとバスは初めて見る表情をしていて、停留所から一メートルもずれて止まった。ドアが開いても誰も降りてこず、わたしは吸いこまれるように乗った。一番後ろの座席の前に屈んで顔だけをだして窓をのぞく。

景色がいつもと反対側に流れだすと、鼓動がやにわに高鳴っていく。

「なぁ、これ、どこ行くん？」

杏の囁きにますます心臓が強く胸を打つ。二つほどバス停を通り過ぎると、住宅街を抜けた。バスは田圃の中を金目川の上流に向かって進んでいく。しばらく進んでから、信号に引っかかって橋の上で止まった。

「しののめ橋？」

「しののめ橋は駅のほう。でもこの橋、見たことある」

「あっ。おばあちゃんのとこ行くときの橋や」

名前のわからない橋を渡ると、田圃とまだらな住宅が両側に続く。しばらくして山道に入ると住宅はなくなって林ばかりになる。不安になって後ろを振り向いた。

「あっ、じえたい」

杏が嬉しそうな声をあげて指をさす。自衛隊の迷彩柄のジープが後ろから距離を詰めていた。木立の切れ目に大きな黄色の病院の看板を見つけると、

「あっ、あった」

杏はすぐさま降車ボタンを押した。

バスはバス停以外に何もない場所で止まった。バスを降りて道を下っていくと、すぐに黄色い看板まで戻ってこられた。看板に書かれた病院までの道のりを覚えて脇道に入る。すぐに見覚えのある坂道に辿りつき、その坂を登っている途中で施設の屋根が見えてきた。

杏は施設に辿りついても立ち止まることなく、鉄骨の階段を二段飛ばしでかけあがっていく。二階の玄関口にある受付の小窓から職員がこちらを見て、何かを思い出したように頷いて机の下を探ってから、母への対応とまったく同様の、ものぐさな態度で入館証と三本の鍵を差しだした。

待合室を横切って奥へと進むと、長い廊下にさしかかる。廊下の壁にはポスターが一定間隔に貼られていた。

【入居者、長寿ランキング】

という見出しのポスターには名前と三桁の数字が十個ほど連なっている。その一メートル隣には「目標　拘束0」というポスター。その隣のものには白黒の若い女性の写真がアップで写っている。

「これおばあちゃんかも?」

見出しの《誰の若いころでしょう》を指差す。

「こんな鼻おっきくないっ」

わたしが首を振ると杏は廊下を走りだし、どんつきで止まった。ガラス戸を開けて、渡り廊下へ出た。両手の手すりの上から天井まで鉄格子が張り巡らされている。その寒々しい隙間から焦げた臭いがする。遠くの田圃で野焼きをしている。遠くから、鳥よけの銃声が響いてきた。

渡り終えたところに壁のような銀色のドアがあった。長い鍵を差しこむとがちりと噛みあった音がしたが、ドアはいまだ鍵がかかっているように重たい。

「せぇのぉでっ」

体重をかけて何度か体を揺すると、ぶぉんと空気が抜けて一気にドアが開く。中には木目調の床と壁が広がっていて、温かな匂いがした。会釈してナースステーションを通り過ぎる。廊下を挟んだ向かいの部屋が開けっ放しにされている。廊下から丸見えで、中には酸素マスクを着けた老人が横たわっていた。ここに移された人から死んでいくと母が言っていた部屋だ。廊下を進んでいくと、祖母が廊下へと出てきた。

「なんで来たんわかったん」

「こどもやけ、のう」

どうやら足音でわかるらしい。祖母は実家で愛用していた太い編みこみのチョッキを羽織っていた。枕もとの棚には般若心経の経文が置かれていて、部屋からは線香の香りがした。

「ようきた、ようきた」

実の娘と娘婿をとっくに忘れた祖母は、孫だけが来たことに何の疑問も抱いていない。

「おなか、すいたろ？」

ゆっくりと音のない拍手をした後、祖母は棚から剝き出しの饅頭を差しだした。

「食べやい、食べやい」

壁には富士山のカレンダーがかけられていた。雪を被った真っ白な霊峰を杏は指さした。

「また十二月」

いつもカレンダーは十二月だった。

「きれいなふじさんじゃ」

東向きのこの部屋から富士山は見えない。祖母がカレンダーの富士に見惚れているうちに杏は饅頭をポケットにねじこんだ。

「おなか、すいたろ？」

祖母は再び棚を探った。下の段に揃えられた外履き用の靴の右側に手を突っこみ、そこから饅頭を取りだして得意げに手渡してくる。杏はカビの部分を避けて、上手に饅頭をつかんだ。

「食べやい。あぁ。まごやえ、まご」

廊下を通る人を呼びこんでは、丸いパイプ椅子に座るわたしたちを自慢げに紹介する。

「名前？」

祖母は一瞬止まってから、わたしを見つめて微笑んだ。

「あんちゃん、あんちゃん」

部屋にはかわるがわる人が舞いこんでくる。歓迎もなければ怪訝もない顔でのぞきこん

でくる。皮膚の角質層でも見る目つき、顔の向こう側を見る目つき。そんな目つきに慣れてくる頃には田畑が夕陽に染まりだし、

「そろそろかえるね」

パイプ椅子から降りた。祖母は疲れてウトウトしていた。ベッドにもたれたままの祖母に廊下から手を振ってさよならをする。

病院から出ると、野焼きの臭いがしてきて、急に心臓がどきどきとしてくる。ッターーン、鳥よけの銃声が空に響くと、わたしたちは一斉に走りだして坂道を駆けくだっていった。

帰りのバスに乗りこんでから、ぐったり疲れてすぐに寝いっていた。家の近くまで来た時に目が覚めて、バスが橋を渡る時、二人で窓から腐った饅頭を一つずつ金目川へと投げ捨てた。

あれ以来、施設行きのバスには乗っていない。祖母はその数年後には亡くなったから、もう乗ることもない。わたしが五歳で見つけだされて自分に名前がついた時には、完全に呆けてしまっていたから、祖母が生涯わたしを瞬と呼ぶことはなかった。そんなことは別にどうでもよかった。あの夜、祖母の脇に手を突っこんだのは杏ではなかった。祖母がまん丸い目で見つめていたのはわたしだった。

今でもわたしたちをよく知らない人で杏とだけ呼ぶ人は沢山いるが、周りに見つけだし

てほしいと思ったのは、名前のなかったあの頃だけだ。あの頃のわたしは、存在しない完全なる傍観者だった。けれども園児の頃、防腐剤の匂いのする白パンを食べる時に鼻をつまんだのは、右腕にワクチン注射を打たれて我慢したのは、毛虫によだれを垂らしたのは、はたしてどちらだったのか。五歳以前、思考や感情や感覚だけでなく、二人はきっと意識すらも端っこあたりで繋がっていたような気がする。

杏は少し下で新しい本に没頭している。五歳以降、杏と意識自体は繋がっていなくても、一つの体で思考も感情も感覚も共有し、それらが意識と意識の間に介在していた。ただ、体を離れた今ではわたしには何の感覚もない。心臓の鼓動すら感じない。死にかけているのではなく、すでに死んでいる。杏も昔からたびたび一人になりたがっていたから、良いことかもしれない。死んでみてはじめてわかる。わたしは原因なく死んだ。人が死ぬのに必ずしも原因は必要ない。ただその時が来るだけで死ねる。身体が駄目になって死ぬ人も多いだろうが、こんな体で生まれたからには、原因なしで死なないと片方だけ先に死ぬことはできない。

あんちゃん、あんちゃん。祖母のわたしを呼ぶ声が聞こえてくる。もうだいぶ前に亡くなった人間の声が聞こえるのだからわたしも立派な死者だ。これが死なら、もうそれでかまわない。体がないから痛くもなく、心臓がないから恐怖もない。純然たる意識と明瞭な思考だけがある。根のように全身に張りめぐらされたわたしが頭の天辺から離れていったのだから、感覚、つぎに感情が失われた。最後に頭の天辺近くにあるこの思考も失われる。意識だけが輪郭の際立ちを強めている。

勝彦さんの体内に髪と骨と歯と眼球を残して、吸収された三人目の弟。あの叔父は何も思わず何も感じず何も考えず、こうやってただ伯父のなかを漂っていたのだろうか。わたしの意識にへばりついた、いくつかの名残がおのずから思考されて、記憶の泡になってはじけていく。ずっと、杏と同時に死ぬと感じていた。同じ日ではなく、同じ瞬間。心臓は一つしかないから、死ぬのは同じ瞬間しかありえない、そう思っていた。片方だけが死んで、片方だけ生きていくことになるとは想像すらしなかった。医者はどうやって死亡診断をするのだろうか。身体は血色よく、心臓は動いていて呼吸もある。冷たくなった部位はどこにもない。死亡診断書がでても、棺に何をいれて弔うのか。文通の手紙をいれたとしても、火葬場で焼いたら何も残らない。右手だけをわたしの象徴として切り落として焼いてもらうのがわかりやすくてよさそうだが、右手といえどもわたしだけのものではない。爪だけ剝がしてもらってもいいが、爪だとやはり燃え尽きて後に残らない。骨のように炎に耐えられるものを探してもらうしかない。泡がはじけては消え、思考自体も薄れていく。意識だけが振動している。肉体を離れても意識はある。死んでも、意識は続く。死が主観的に体験できない客観的な事実で、本当に恐れるべきは肉体の死ではなく意識の死ならば、どういったことで意識は死を迎えるのだろうか。大きな疑問が込みあがってくる。意識はなんなのか。わたしとは違うものなのか。死んでも続く意識を絶命に至らしめるものはなんなのか。意識が意識自体を疑った時？　すると、巨大な穴に落ちるような感覚が起こって、私は思わず胸元に本を引きよせた。向こう側には漆喰の壁があるだけで部屋に何もない。張りつめた息を緩めて、本の表紙を見た。聞いたことのない作者の聞いたこともないタイトル。精神分析の本だと思って読みはじめたが、途中から哲学じみて、ここらあたりから宗教じみてくる。巻頭に戻ってみても、〈これはフィクションです〉と書いていないから少なくとも小説ではない。意識とは……、どちらにしろ、考えてわかるもんでもないと本を閉じる。面白い哲学書や宗教書はだいたい危険だという過去の経験から段ボールの中に戻す。息が熱かった。動揺しているのかと思ったが、喉が痛んで、瞬の扁桃腺がだいぶ腫れてきているせいだとわかった。

いつからか瞬は深く眠りはじめている。おかげで頭は冴えて読書が進んだが、その間にだいぶ喉風邪は悪化しているようだった。熱感で背中が汗ばんでいて、胸元にも汗じみができている。汗の臭いもおかしかった。

立ち上がると、体が熱発して汗がしたたる。自分の口臭にむせそうになる。毛穴が熱でどっと開いて、皮膚が痒くなってくる。水分が足りていないのかもしれない。皮膚の痒みで腹立たしくなってくる。どうしようもない怒り。この体で生まれたからにはどうしようもなかった。好きでもない男とキスもした。瞬に頼まれて断りきれなかった。それは父も母も同じだ。父はことあるごとに瞬を撫で、母は私を厳しく躾けても、瞬には食べ物の好き嫌いさえ注意できない。二人はきっと生まれてから五年間、瞬を見つけられなかったことに後ろめたさがある。

私はといえば、言葉が話せるのに黙っていた瞬が悪い、と中学生のある日にそう思って言葉にした。すると、まるで眠っていた火山が噴火したみたいに瞬は胸をもうもうとたぎらせて激怒した。そして、その晩、私は夜通しひどい胸焼けにげえげえと苦しむことになった。

瞬の怨念の凄まじさを知って以来、私も半ば本能的に瞬のわがままに従うようになった。母から何かを盗んだり、父を使って行きたいところへ送らせたり、時おり言いだすわがままを家族は素直にかなえる。

この喉風邪だって案外、あの子の癇癪なのかもしれない。瞬の怨念に寒気がしそうになった時、すっと私の影が無くなるような感触がした。右の気配のなさに時計を見上げると、深夜の二時過ぎだ。瞬が寝たのは数時間前で、ここまで入眠差が出るのは十年以上なかった。瞬は寝入ってから一回も夢を見ていない。その眠りに久しぶりの死を感じる。

唾を飲みこんだ。いつもは薄っすら響いてくる嚥下音もくっきりと聞こえる。細かな汗で全身が湿っている。熱でくらくらして呼吸がしづらい。歩くと長い髪が左にしだれた。ボストンバッグを探って、化粧ポーチから手鏡とペンライトを出した。

「瞬」

鏡越しに話しかけても、瞬は何の反応もしない。手鏡に向かってペンライトで照らしながら、あんぐりと口を開けた。

〝腫れてる？〟

瞬が寝ながらそう思ったような気がした。鏡に少しだけ張りだした扁桃腺が映っている。

「ちょっとだけ腫れてる」

はっきりと声にだすと喉が痛んだ。やりとりに実感がなくて自問自答の類いに過ぎなかったから、瞬はやはり深く寝ている。私は手鏡の角度を変えて、右の半顔だけを映した。よく嚙む瞬は丸顔。きっと一人だけの体だったら、この子は可愛い女の子だと思った。顔がずれてくっついているから、少しばかり歪んだ見た目になっているだけだ。

瞬をおんぶする心地で、電気が消えたままの階段を一段ずつ下っていく。豆電球だけで薄暗かったが、目の前の一段だけは辛うじてわかった。景色が傾いていた。真っすぐ下っているのに、深い眠りの側へと引っ張られている。一段下るたびに息があがり、妊婦のように口を尖らせて高熱の息を吐く。

リビングは真っ暗だった。流し場では豆電球が消え入る直前で明滅を繰り返し、コップが微かに光って応えていた。ヤカンは空っぽだった。コップに水道水をなみなみと注ぐ。曖昧だったガラスの輪郭が水で明らかになっていくと、コップに口をつけて水を飲み干していった。

台所の小窓に目をやると、白い何かが揺らめいている。目を凝らすと、それは蜘蛛だった。節くれ立った太い脚をした大型の蜘蛛。

「瞬、起きて。おっきい蜘蛛いる」

蜘蛛は白く痩せた病弱な子供の手にもみえた。勝彦さんは乳児の頃、父に栄養を取られて、こんなふうに痩せていたのだろうか。しかし、瞬はまったく起きなかった。

窓の外で宙づりの蜘蛛がゆらゆらと足を動かしている。生き物好きの瞬は、小学生の登下校の時、目についた生き物は何でも手に取った。草と草の間を跳ねる土バッタや、葉の切れ端をついばんで運ぶ蟻を器用に捕まえた。それを傍目《はため》で見ていると、当時はなぜか鳩尾あたりにもやもやとしたものが込みあげてきた。

この蜘蛛もまた、あの時の昆虫たちと同じだった。たいした意図もなくぐねぐねと動いている腹や脚、それらは別々に動いているようで、たった一つの意識によって統合されているのがわかった。一つの体に一つの意識。あのもやもやとしたものは嫉妬で、私は昆虫を羨んでいたのだ。

誰にでもある、思春期特有の自立に対する強い憧れ。それは当時の自分にもあって、自分だけの体を持って初めて自立できるのだという幼い思いこみに繋がった。そんなことに今になって気がついたのなら、こじれた思春期がとうとう終わる。すると胸により一層、何かの終わりの感覚が重なってきて、もう一杯水を飲み干した。

外の街灯の光が廊下に射しこんでいた。汗でべとべとになったパジャマを脱ぎ、浴室に入った。ぬるいシャワーを肩から浴びせかける。汗が水流に絡まるように落ちていっても、体自身の燃えるような熱は変わらない。悪寒が止まらず、瞬の眠気に引っ張られていきそうだった。

バスチェアに腰かけて微睡《まどろ》みかけた時だった。一階のどこかから唸り声と足音が聞こえてきて目が覚める。

〝瞬、起きて！〟

息が縮こまって、声を出すのすら怖くて頭で念じた。

〝泥棒かも〟

瞬からは何の反応もない。浴室の隅にたてかけられた掃除ブラシを持って、洗面所へと出た。物音はリビングから聞こえてくる。バスタオルを巻いて、ブラシを頭上に掲げた。泥棒かとも思ったが、震えた唸り声が聞こえてきて、あの蜘蛛が勝彦さんに化けたのだと直感で思った。成仏させようと肚が据わる。

洗面所から廊下をのぞくと、闇の中から唸り声が聞こえて、しっとりと濡れた足元が見えた。白い素足には千切れた草が泥にまみれて張りついている。すぐに全身が現れて、それはずぶ濡れで歯軋りしながら唸る父だった。

「どうしたん？」

「墓参り行ってた」

「この時間に？」

「事故渋滞につかまってて、さっき着いたところ」

「納骨、明日に延期になったんよ」

「あぁ、そうか。うぅ、さむいさむい」

「メール見てないの？　雨降ってたん？」

「墓地の門が閉まってて、裏手の柵を飛び越えたら、どぶ川に落ちた。なかなか出られんくてたいへんやったわ」

バスタオルを渡すと、

「あぁ。タオルあったかい」

父は頭からタオルを被せて廊下を戻る。

「ちょっと！　汚い」

廊下に濡れた足跡がついて、それをかわしながら追いかけた。父は仏間に入って、仏壇の前に立った。ロウソクは点いていたが、だいぶ短くなっている。父は仏壇に置かれた骨壺をしばらく見つめてから、わずかにずれていた蓋をカツンとはめる。父の頬に擦り切れた跡があった。

「大丈夫？」

「大丈夫。ん、瞬は？」

「風邪ひいて寝てる。お父さん、伯父さんの夢見た？」

「ううん。お父さん、なんの夢も見ぃひん」

「覚えてないだけやで」

それから父は洗面所へと歩いていって、

「お月さん照ってなかったら、落ちたままで出られへんところやったわ」

びしょびしょのジャンパーを脱いだ。私はブラシを父に渡し、台所でコップに水を汲んで二階へと戻った。ボストンバッグから替えのTシャツを出して着替える。体の表面から熱は引いていたが、奥にはまだ熱が籠っている。表面の熱が下がった分、熱の芯の輪郭がはっきりと感じられた。ひと眠りしようと布団に転がった。

目を閉じると、熱と映像が巡ってくる。私が裏山を登っている。瞬の見ている夢のように感じたが、記憶のような肌触りがする。きっと深くに埋もれた、夢か現《うつつ》かもわからないほどに古い原始の思い出。黄色い帽子を被っているから園児の頃の記憶だ。

左手にはスコップ、右手には『はまぎしあん』とだけ書かれた黄色い小さなバケツを持っている。他の園児たちが畑で芋ほりをしているのに背を向けて、早足で裏山の獣道を一人で進む五歳の私。

小さな体には熱が溢れている。徐々に実感となって当時が思い出されてくる。そう、たしか、あの日は朝起きた時から熱っぽくて体が怠かった。熱といっても風邪のそれと違って体の奥深くに籠るようなものだった。体温計で測っても平熱だったので、母は幼稚園を休ませてくれなかった。

幼稚園では午後から裏手の畑で芋ほりがはじまった。

「あんちゃんはここ」

先生が指差した畝《うね》の間にくらくらしながら屈みこむ。暑いというのに汗はでず、内側から火照るばかり。下腹部から立ちのぼる熱に全身が燻《いぶ》されている。

畝の前に座りこんでスコップを土に突きたてた。シャクッと音を立てて、スコップは小気味よく畝に刺さる。土をすくうと切れたツルが混じっていた。スコップ一杯分掘られた畝にはツルが数本、つんと髭みたいに飛びでている。そのツルを片手で引っぱりながら周りの土をスコップで落としていくと、小さなジャガイモが土の中から次々とでてくる。

帽子とTシャツの間で、陽射しにさらされた首筋が焼かれるように感じる。首筋の熱は背骨を伝ってさがっていく。熱が首筋から背中、背中から腰に降りていく。次の瞬間、太陽の熱が下腹部に籠る熱と結びついた。すると、凝集した熱が股関節の筋肉を力強く収縮させ、衝きあげられるように体が立ちあがる。畑を踏みしめながら抜け、裏山の林に突っこんでいく。

獣道を歩んでいる。二つの熱が体中に巡り、私は茫然として歩み自体をその衝動に任せた。たぎる熱にほだされて何も考えられず、ただ景色を眺める。自分の体が自分のものでないようだ。

富士山の形をした雲は呼吸に合わせて、大きくなり小さくなる。遠くから聞こえる園児のはしゃぐ声も遮断機の音に変わり、すぐに何頭かの犬の吠え声になる。獣道はコンクリートの細い路地に変わり、それも次第にひび割れてガタガタになり、しばらくして土道に変わる。草が膝丈あたりから太ももあたりまで伸びだす頃には、土道は木の杭と細い丸太で土止《どど》めされた簡素な階段になった。

頭に込みあげた熱で意識は朦朧としたままだが、階段を半分ほど登った頃には自然と歩みが止まった。後ろを振り返ると、下の土道には何度か母と一緒に通った覚えがある。しかし、そこから山手に上がるこのような階段があっただろうか。

階段を登りきると小さな広場に辿りつく。不思議な懐かしさのある広場だった。周囲は高い樹々で囲まれて薄暗い。ごつごつとした岩で縁取られた緑色の池、どうやって遊べばいいのかわからないペンキの剝げた遊具が設置されている。林の奥に電線のない捨てられた鉄塔が一本立っている。今は誰もいないが、地面の草が踏み固められていて、ここを訪れる存在はあるらしかった。

鬱蒼とした雰囲気に気圧《けお》されていると、再び動きだす脚が門柱の前で戸惑っている私を広場の中へと運んでいく。迷いのない脚取りで、意味不明な遊具を通り過ぎ、岩囲いの池を後にしていく。

林がはじまる際まで広場を突っ切ると、そこでぴたりと立ち止まった。太い樹の根間に屈みこみ、黄色いバケツに突っこんでいたスコップを手に取り、先端をガシガシと地面に突きたてる。根土《ねつち》は焦げ茶色の根に密着していた。生長の過程を共にした根土は固まったマグマのようにしっかりと密着して、スコップでも簡単にこぼれない。いろんな角度で刺すと、コンクリートみたいに固まっていた根土はやがてぼろぼろと崩れていった。破壊された根土の中から、チョコレートみたいな薄い切片に手を伸ばし、口に放りこんだ。黒い土は噛むとシャリシャリと新雪を踏みしめるような音を立てる。土は冷たかった。身体の中に溜まっていた熱が徐々に抜けていく感じがして、朦朧としたものが口から抜けていく。

噛んでいるうちに繊維質のようなものが歯に挟まり、引っこ抜くと樹の髭根だった。唾液と混ざって温かくなった土を吐きだすと、のっぺらぼうな生き物のようにどろりと垂れおちた。新しい根土を噛みながら、掘りだした土を集めていく。土に混ざった蟻の死骸や千切れた枯草を除いてから、バケツに詰めていった。

小さなバケツに根土を詰め終えた時には呼吸はもう冷えていた。体の芯に冷えて塊になったものが居すわっている。最後に口に放りこんだ土は喉が動いて飲みこんでしまった。

バケツ片手に踵を返して、岩囲いの池へと歩いていく。池の縁まで来ると、一様な深緑色に見えていた池が敷き詰められた線状のものに変わる。深緑色は池の水の色ではなく、水面を覆う藻の色だった。大量に繁殖した藻が池の表面を隙間なく覆っている。藻はアオミドロに似ていたが、図鑑で見たものよりも繊維の一つ一つが太く長くしっかりとしている。

私が石を池に投げてみたくなって、握り飯くらいの石を投げこんだ。石は池の表面にたぷんと腰かけてから、徐々にその重みで深緑色の藻に包まれていく。石が下へと沈んでいくと、少し凹んだ表面はすぐにまわりから押し寄せる藻に埋められて元に戻った。そうなると、もうどこに石が沈んだかわからなくなった。

手が空っぽになると足元から目ぼしいものを見つけ、次々と池に放りこんでいく。私が分厚い藻を割りたいと思ったから、空っぽの缶、割れた瀬戸物、放れるものは何でも放りこんでいく。

すぐに周囲から投げるものがなくなった。すると、右手にはすでに手ごろな木の棒が摑まれていた。私がそれを巨大アオミドロに刺すや、激しく揺すりはじめる。なんとかしてこの分厚い藻を割ろうとしていた。

藻は重かった。右の手や腕、肩にずしりとした抵抗を感じた。層状の藻を解きながら棒を奥へと進めていく。すると、二十センチほど突き刺したところで、抵抗がなくなり棒先が藻を貫通した。どうにか棒がアオミドロを抜けたというのに、むしろそこから一心不乱になる。力の限り棒を円状にかき回した。かきわけても重く押し寄せる巨大アオミドロを周りへと押しのけていく。頬に汗が滲んだ。ようやく、小さな穴が開くと濁った水面が垣間《かいま》見《み》えた。しかし、すぐに藻が押し寄せて、穴は閉じられる。アオミドロをかきわけて穴が開くたびに池の中には違うものが見えた。浅い水底の時には、廃棄物らしき錆びた鉄や、褐色が混じった茶色い岩、分厚い本、動物の骨が見えて、少し深い時には補助輪のついた自転車が見えた。底が見えないくらい深い時には、巨大な塔が沈んでいて、その尖塔が水面を突き破りそうなほど迫っていて、その周囲に文字が滲んだ紙っぺらが漂っていた。

次に藻を押しのけた時、池の中には何も見えなかった。限りなく深くて何も見えないのか、それとも、限りなく濁っていて一センチ先すら見えないのか。ぞっとしそうになった時、息が強く吐かれて、いつの間にか私は叫びながら分厚いアオミドロを押しのけている。穴が充分に大きく広がったと感じた瞬間、棒がピタリと止まる。何も見えない深緑色の水中を瞬きもせずに見入っては、また大きく息を吸って叫びながら棒を激しく回し、アオミドロを外へと押しやっていく。怖くても、どうにも止めることができない。それは自動的に起こっていた。何度も繰り返した後、一段と棒は深く刺され、そろりと引き戻されはじめる。藻が閉じていくなかで、はらはらとしながら、慎重かつ丁寧に棒が引かれていくのを固唾を飲んで見守る。水面から抜けていくに従って棒の先がたわんでいく。水面から棒が完全に抜けた時、赤い塊が棒の先端にくっついていた。

それは小さなザリガニだった。五センチほどのザリガニが右のハサミで棒先を挟んでいる。体があまりにも瑞々しくて、混沌とした池の水から引き上げた瞬間に生まれたように思えた。殻は無色透明で、実際まだ生まれたばかりの幼いザリガニに違いなかった。それでも、ザリガニは棒の先をしっかりと挟んでいる。

引き上げると同時にアオミドロの穴は閉じた。掬いあげたザリガニを藻の上に置くと、ザリガニはハサミを開いて棒を放し、藻の上にたぷんと降りる。そして、戸惑うことなく藻の上をゆたゆたと歩きはじめる。歩くたび、ハサミが上下に揺れる。

俯いて、私は池の奥へと進んでいくザリガニを見つめた。陽が射しこむ場所まで到達すると、やわい殻は陽射しに透けて、はらわたが鮮やかに映る。初めて浴びる日光に応えるようにザリガニは両腕を上げて、ハサミを開いた。

その瞬間、いると感じた。ザリガニと同じくらいいると確信できた。

そして、喉が震えて、

「まえかや、ざいがに」

口が勝手に動いて言葉になる。自分の口から自分以外の声が出たことに驚きはなかった。言葉になった次の瞬間には、自分の半分を手放していた。口はもごもごと動きだし、腹がくすくすと揺れる。体の塩梅を確かめるようにして、体の全ての部位が蠢《うごめ》いて、背骨も左右に波打っていく。一人の時よりも呼吸が楽にできる。

右手が棒を投げ捨てて、ぎゅっと拳を握りしめた。胸にぐっと何かが押し寄せてきて、私はそれに重ねるように左手を握りしめた。すると胸で一つになって嬉しくなる。くすぐったさに笑うと、二つの息が重なって胸の中で声が響き合って膨らんだ。

藻の上ではザリガニがゆたゆたと歩いている。小さなハサミを運ぶように左へ右へ揺れながら、池の奥へと進んでいく。ザリガニの後ろ姿を見守っていると、かさこそ、と音が真後ろから聞こえてきた。その圧倒的な存在に全身が小刻みに震える。大きな舌でべろりと背骨を下から順に舐められたみたいに、背すじに沿って鳥肌が立っていく。凝視されているとわかると怖くて振り向けず、ただその場で体が硬直した。呼吸もできず、ただ立ち尽くす。二人がかりで口をきつく結んで、恐怖と悲鳴を抑えた。

しばらくするとふたたび、かさこそと音を立てて、とうとうそれが後ろを通り過ぎていく。安堵の息が漏れて、全身から鳥肌がすっと引いていった。

瞼が開くとたった今、生まれた心地がする。陽に転じて、陰に転じて、とうとうぐるりと循環した。見覚えのない天井を見つめていると、わたしは新たな生を受けて生まれ変わったのだとわかった。

しばらく天井の木目を見つめていると、それが京都の家の二階のものだとわかって、横を向くと使いこまれたボストンバッグがある。階下から母の声が聞こえてきて、両手を掲げると左右不揃いの爪が見えた。同じ生のまま生まれ直すこともある。あるいは死とはあんなものだ。

喉の痛みが感じられると、生まれ変わった心地は消えていく。次第に体の熱感がしなだれかかってきて、昨晩のすべてが薄れていく。

生きているから、まだ死者を弔う立場だ。伯父の納骨をしなくてはと布団から体を起こした。たしかな体の重みがわたしにのしかかってくる。この重みばかりはどうしようもない。小賢《こざか》しく何かを悟ってみても、生きている限りは身体から逃げられない。まだしばらくはこうやって生きていく。

電灯は消されていたが、カーテンは三分の一ほど開いていて、部屋は明るんでいる。熱はまったく引いておらず、ピークを越えていない。カーテンがゆらゆらと揺れていて、誘われるように布団から抜けでた。燃える体を引きずって、窓までなんとか辿りつくと、窓の隙間から明け方の冷気が体にふりかかってくる。

杏を起こそうと思った。寝息は吸いこまれそうなほど穏やかで、杏はすべてをほうりだしたように深く眠っている。この子の扁桃炎に付き合いきれない、と呆れている具合にも感じられて、起こすのをやめた。

薄い光線が射している。枕もとに解熱剤が出ていて、一錠飲まれたあとがあった。コップに残っていた水でもう一錠飲みくだそうとすると、喉が壁のように立ちはだかり、薬ははね返されて唇からこぼれる。

手鏡を持って喉をのぞくと、扁桃腺が喉の通り道を潰すように腫れている。意外なことに両側の扁桃腺が腫れていて、どちらかというと左が喉を塞ぐように張りだしている。身体の復讐めいたものを感じさせる腫れっぷりだった。

〝あん、大丈夫？〟

しかし、声は出ない。体の内側から響いて、ただ内側だけに響く。喉が猛烈に腫れて、体の空洞に蓋をしている。

〝病院行こう〟

杏はゆるやかに目を覚まして頷くと、またすぐに寝てしまう。階段を降りて台所へと向かった。呼吸が乱れると、喉の隙間からピーピーと笛のような音が鳴る。台所に入ると息が上がって、喉から不気味な高音だけが響いた。

わたしが喉を指差すと、

「あんちゃん、どうしたん？」

祖母は声を上ずらせて目を大きく見開いた。息を整えながら指でバツを作る。

「声でない？」

祖母の奥で、母は握っていた菜箸を手離した。

「瞬」

足首にシップを貼った、パジャマ姿の父が廊下から台所へと顔をだす。二回頷いてから口を大きく開いた。口を開けると喉が強烈に痛んだ。

「いやぁ、これ、膿たまってるわ。吸いだしてもらわないと」

母が声を張りあげると、祖母は食器棚から携帯を手にとって、

「しゅんちゃん、保険証もってる？」

コンロのガスを切る。わたしは鴨居に引っかけられたハンガーから自分のコートを取って肩にかけた。ポケットから財布を取りだすと、〝一番上のカードポケット〟と杏が頭で呟いた。保険証を確認すると、駐車場から車のエンジンをかける音が聞こえた。

玄関を出て車に乗りこもうとすると、

「市民病院、今から大丈夫って。裏手の救急のほう」

窓から祖母の声が聞こえて、父が車のなかで手をあげて返す。助手席に座ってシートベルトを締めると、車はゆっくりと発進する。

住宅街はまだ薄ぼやけで誰もいない。遠くでランニングしている人の背中だけが向かいの道路に見えた。猛烈に押しよせてくる熱にぐったりして、体をシートに深くもたせかける。首を傾げて薄目で、杏が運転している父の横顔を眺める。

通勤時間前で道路は空いていて、ときどきすれ違う車のエンジン音だけが聞こえる。今にも首の中が埋まってしまいそうで、一段と高い喉音が鳴る。窓を少しおろして、新鮮な

酸素を吸いこんだ。窒息するなら同時に死ぬ、酸欠の脳でそう考えつくと杏がくつろぎはじめる。

杏は子供らによって自分たちが納骨されることを想像している。骨壺はやはり一つで、わたしたちの子供らが墓を開いて、納骨室にそれを置く。隣には父と伯父の骨壺が並んでいる。そうして、子供らが香炉を元に戻して墓に蓋をすると、中は完全な暗闇になる。そこからまた何十年も百年も一緒に過ごす。どの骨壺もそこでは内臓の一つに過ぎない。いつか百年後の子孫に土に返されるまで、まだ永い。

するると、朝の空気がことさら鮮やかに匂ってきて、わたしもまた安らいでいる。

初　出
「新潮」2024年5月号

カバー
collages by Marisa Maestre: Serie Mujer y naturaleza

**朝比奈秋**（あさひな・あき）
1981年京都府生まれ。医師として勤務しながら小説を執筆し、2021年、「塩の道」で第7回林芙美子文学賞を受賞しデビュー。2023年、『植物少女』で第36回三島由紀夫賞を受賞。同年、『あなたの燃える左手で』で第51回泉鏡花文学賞と第45回野間文芸新人賞を受賞。本作が第171回芥川龍之介賞候補となる。他の作品に「私の盲端」「受け手のいない祈り」など。

サンショウウオの四十九日《しじゅうくにち》

著者

朝比奈秋《あさひなあき》

発行

2024年7月10日

2刷

2024年7月25日

発行者 佐藤隆信

発行所 株式会社新潮社

〒162-8711 東京都新宿区矢来町71

電話 編集部 03-3266-5411

読者係 03-3266-5111

https://www.shinchosha.co.jp

装幀 新潮社装幀室

印刷所

大日本印刷株式会社

製本所

加藤製本株式会社

乱丁・落丁本は、ご面倒ですが小社読者係宛お送り下さい。
送料小社負担にてお取替えいたします。
価格はカバーに表示してあります。



ISBN978-4-10-355731-9 C0093